A CASA DA PISCINA DE AZULEJOS

UM ROMANCE BASEADO NAS ORDENS OCULTAS DO AMOR

Editora Appris Ltda.
1.ª Edição - Copyright© 2023 da autora
Direitos de Edição Reservados à Editora Appris Ltda.

Nenhuma parte desta obra poderá ser utilizada indevidamente, sem estar de acordo com a Lei nº 9.610/98. Se incorreções forem encontradas, serão de exclusiva responsabilidade de seus organizadores. Foi realizado o Depósito Legal na Fundação Biblioteca Nacional, de acordo com as Leis nos 10.994, de 14/12/2004, e 12.192, de 14/01/2010.

Catalogação na Fonte
Elaborado por: Josefina A. S. Guedes
Bibliotecária CRB 9/870

S382c
2023
	Schütz, Danielle
	   A casa da piscina de azulejos : um romance baseado nas ordens ocultas do amor / Danielle Schütz. – 1. ed. – Curitiba : Appris, 2023.
	   146 p. ; 23 cm.
	
	   ISBN 978-65-250-4860-4
	
	   1. Ficção brasileira. 2. Amor. 3. Pais e filhos. I. Título.
	
	                                                                                                             CDD – B869.3

Editora e Livraria Appris Ltda.
Av. Manoel Ribas, 2265 – Mercês
Curitiba/PR – CEP: 80810-002
Tel. (41) 3156 - 4731
www.editoraappris.com.br

Printed in Brazil
Impresso no Brasil

DANIELLE SCHÜTZ

A CASA DA PISCINA DE AZULEJOS

UM ROMANCE BASEADO NAS
ORDENS OCULTAS DO AMOR

Appris
editora

FICHA TÉCNICA

EDITORIAL	Augusto V. de A. Coelho
	Sara C. de Andrade Coelho
COMITÊ EDITORIAL	Marli Caetano
	Andréa Barbosa Gouveia (UFPR)
	Jacques de Lima Ferreira (UP)
	Marilda Aparecida Behrens (PUCPR)
	Ana El Achkar (UNIVERSO/RJ)
	Conrado Moreira Mendes (PUC-MG)
	Eliete Correia dos Santos (UEPB)
	Fabiano Santos (UERJ/IESP)
	Francinete Fernandes de Sousa (UEPB)
	Francisco Carlos Duarte (PUCPR)
	Francisco de Assis (Fiam-Faam, SP, Brasil)
	Juliana Reichert Assunção Tonelli (UEL)
	Maria Aparecida Barbosa (USP)
	Maria Helena Zamora (PUC-Rio)
	Maria Margarida de Andrade (Umack)
	Roque Ismael da Costa Güllich (UFFS)
	Toni Reis (UFPR)
	Valdomiro de Oliveira (UFPR)
	Valério Brusamolin (IFPR)
SUPERVISOR DA PRODUÇÃO	Renata Cristina Lopes Miccelli
PRODUÇÃO EDITORIAL	William Rodrigues
REVISÃO	Marcela Vidal Machado
DIAGRAMAÇÃO	Yaidiris Torres
CAPA	Lívia Costa

A meus amados pais, que me deram o maior presente de todos – a vida – e que juntos me ensinaram a amar, a perdoar e a valorizar as coisas simples da vida, como sentir o perfume das flores e desfrutar da companhia de nossos animais. A eles dedico todo o meu amor e gratidão, na certeza de que nossos ancestrais se alegram não apenas com a cura do nosso, mas também de muitos outros sistemas familiares.

AGRADECIMENTOS

Agradeço a minha terapeuta e consteladora, Daniele Tedesco, que desde 2014 acompanha meu desenvolvimento pessoal, profissional e espiritual com amorosidade e dedicação. Agradeço também por sua sabedoria e imensa generosidade em transmitir seus conhecimentos, sempre pautados na ética e no respeito para com a individualidade de seus mentorados.

A meu terapeuta e consultor em radiestesista, Emerson Zagonel, pela profundidade de seus ensinamentos, pela qualidade com que presta seus atendimentos e pela habilidade em acessar os lados luz e a sombra que habitam em todos nós.

Ao estimado psicólogo clínico/hospitalar e facilitador sistêmico Luis Gustavo da Costa Soares, com o qual aprendo diariamente acerca das leis de pertencimento, ordem e equilíbrio, sou extremamente grata pelas sábias palavras escritas no prefácio deste romance.

Ao amigo e professor Wagner Borges, que tem acompanhado e incentivado minha trajetória como escritora e com o qual venho estudando espiritualidade sob uma perspectiva universalista.

À querida professora doutora Cecil Jeanine Albert Zinani, que durante o Mestrado em Letras me apresentou o fascinante universo dos contos, mostrando-me o caminho para desvendar os diversos elementos simbólicos contidos no duplo literário.

Quem toma seus pais tal como são, toma a plenitude da vida tal como é.

(Bert Hellinger)

PREFÁCIO

Meu primeiro contato com constelações foi em 2008, quando um paciente me perguntou se eu conhecia as constelações familiares, indicando-me um canal no YouTube para que eu pudesse assistir e ver por mim mesmo do que se tratava.

No mesmo dia, muito curioso, eu assisti a minha primeira constelação familiar. Nem poderia imaginar que aquele vídeo seria um divisor de águas na minha vida pessoal e profissional.

A partir daquele momento não parei mais de me aprofundar na filosofia sistêmica que Bert Hellinger, terapeuta e filósofo alemão, trouxe para ajudar pessoas no mundo inteiro.

Fiz cursos de formação e aprofundamento em constelação familiar e tive a oportunidade, e sou muito grato a isso, de ter presenciado por inúmeras vezes o próprio Hellinger trabalhando com essa poderosa ferramenta de ajuda.

Agradeço também a meus professores, Décio e Wilma de Oliveira, pelo dom de ensinar e passar os princípios sistêmicos: pertencimento, ordem e hierarquia e equilíbrio.

São esses princípios que hoje transformei em filosofia de vida.

Infelizmente muitas pessoas criam uma ideia mágica das constelações familiares, que não condiz com aquilo que Hellinger nos trouxe, e acabam misturando as constelações com outras correntes de ajuda e até com religião. Isso distorce as constelações e cria-se uma mistificação com rituais em torno do método.

A constelação familiar é simples, ela mostra por meio da representação da família do cliente uma imagem do profundo, do inconsciente do sistema familiar com os emaranhados familiares e repetições de destinos. Em 95% das vezes ela mostra caminhos de solução, mas se o cliente não seguir esses caminhos de mudança, principalmente de mudança de postura interna e atitudes, nada vai acontecer ou mudar.

Por isso, o principal do trabalho de Hellinger, na minha modesta opinião, não são as constelações familiares, mas a filosofia por trás de sua obra. Colocar essa filosofia em prática é o grande desafio.

Quando Danielle Schütz me procurou para que eu pudesse ler seu livro, que é o primeiro romance sistêmico escrito no Brasil, *A Casa da Piscina de Azulejos*, fiquei muito grato pela oportunidade e ao mesmo tempo curioso com a obra.

De cara pude perceber a sensibilidade de Danielle para narrar a história. No decorrer do livro, os princípios sistêmicos vão surgindo e clareando o entendimento do leitor sobre os movimentos que nos levam para o mais e para o menos na vida. Trata-se exatamente da filosofia sistêmica aplicada à própria obra da autora.

Espero que todos possam desfrutar dessa narrativa, que, além de contar a trajetória de uma família que viveu grandes desafios, mostra como a visão sistêmica pode nos ajudar a olhar para nós mesmos e para a nossa família de uma forma diferente, sem julgamentos e críticas, mas com gratidão e honra.

Boa leitura.

São Bernardo do Campo, abril de 2023.

Luis Gustavo da Costa Soares
Psicólogo clínico/hospitalar e facilitador sistêmico

APRESENTAÇÃO

Por volta dos 7 anos de idade comecei a ter contato com diversas filosofias e doutrinas religiosas, pois, apesar de ter sido inserida no catolicismo por meio do batismo e comunhão, meus pais sempre me estimularam a olhar para espiritualidade com a mente aberta e de maneira extremamente amorosa lidaram com minha sensibilidade mediúnica, que se manifestou precocemente. Quando criança, lembro de estar com meus pais na nossa casa de veraneio, no litoral gaúcho, e à noite meu pai, que recentemente retornou ao plano espiritual, apontava para as estrelas na intenção de me ensinar os nomes das constelações, afirmando que entre o céu e a terra havia mais coisas do que poderia supor nossa vã filosofia. Naquele tempo, as palavras de William Shakespeare me pareciam uma verdade absoluta, sobretudo porque era na voz do meu falecido pai que elas ganhavam sentido.

No decorrer dos anos, pratiquei ensinamentos da Antiga e Mística Ordem Rosacruz (AMORC), *Seicho-no-ie*, kardecismo, terapia prânica e constelações sistêmicas, o que me levou a ter plena convicção de que nossa existência está sempre a serviço de algo maior. Na adolescência, dediquei muito do meu tempo à leitura de textos filosóficos e a práticas de visualização criativa dos cursos da AMORC que meu pai frequentava. No início do meu terceiro setênio, decidi que era chegada a hora de começar a trabalhar, passei a fazer parte do catálogo de uma agência de modelos, conciliando escola, cursos pré-vestibular e leituras ocultistas com os desfiles de moda de que participava, que além de renderem algum dinheiro me trouxeram realização pessoal, mas aos 21 anos de idade, em função de não estar mais disposta a me adaptar às exigências estéticas da área, encerrei minha curta carreira de modelo desfilando para uma emissora de TV local.

No meu início de vida adulta tive muita dificuldade em escolher uma profissão, sempre acreditei que seria médica veterinária, não somente por conta do grande amor que tenho pelos animais, mas porque cresci vendo meus pais acolherem cães em situação de rua. Ao concluir o ensino médio, tomei consciência de que não seria por meio da Medicina que eu iria ajudar os animais, então ingressei na faculdade de Direito, onde permaneci por quase cinco anos, trabalhei em um grande escritório de advocacia e aprendi muito. Apesar de reconhecer a extrema importância desse campo de atuação para a sociedade, minha alma nunca encontrou sentido naquele lugar. Concluí uma formação técnica na área de Química, mas foi na graduação em Artes Visuais e na especialização em História Afro-brasileira que encontrei ferramentas para expressar as subjetividades do meu inconsciente. Fui professora de Artes nos ensinos fundamental e médio e realizei um projeto de arte contemporânea em uma Escola Especial para Surdos.

Hoje sou extremamente realizada como restauradora de obras de arte, consultora pedagógica sistêmica e professora de graduação. Durante mais de uma década atuando na docência do ensino superior, já ajudei a formar mais de 3 mil alunos dos cursos de Arquitetura, Artes, Conservação e Restauro, Design e Publicidade e Propaganda. Como professora de um público com idades que variam entre 16 e 70 anos, procuro estabelecer com meus alunos uma proximidade que ultrapassa a relação professor/estudante, de modo que sempre os incentivo a desenvolver suas habilidades pessoais e profissionais por meio de seus processos criativos.

Em 2012, publiquei meu primeiro livro, um manual técnico da área de preservação de Bens Culturais, mas foi na produção do meu Oráculo das Artes que pude realizar um sonho: criar uma ferramenta de autoajuda que conecta linguagens artísticas com espiritualidade. A vontade de escrever um romance começou a me visitar em 2014, quando passei a ter contato aprofundado com as constelações familiares. Sempre fui uma leitora voraz de romances, especialmente os espíritas, e procurei muito na Literatura Brasileira algum romance fundamentado nas leis sistêmicas. Li alguns contos e muitos relatos acerca de resultados obtidos com a constelação, mas nenhum romanceado da forma como eu gostaria. Durante anos mantive esse desejo no plano das ideias e foi no Mestrado em Letras e Cultura que me apropriei das estruturas necessárias para compor esta narrativa.

Aos 42 anos de idade, mantenho-me convicta de que tudo aquilo que nos chega pelos cinco sentidos é apenas a ponta de um grande iceberg, pois, embora eu tenha vivenciado os efeitos positivos da constelação familiar, acredito que as leis de pertencimento, ordem e equilíbrio são apenas algumas das muitas variáveis que atuam sobre nossas vidas. Portanto, não pretendo convencer ou doutrinar as pessoas a respeito da filosofia das constelações, meu objetivo primeiro ao escrever este livro é tocar as almas dos meus leitores e ajudá-los em seus processos de cura por meio dos ensinamentos de Bert Hellinger aplicados em uma história que contempla as dores, paixões, frustrações e superações inerentes a todos os seres humanos.

SUMÁRIO

CAPÍTULO 1
A ORIGEM DO SISTEMA 18

CAPÍTULO 2
A MUDANÇA 24

CAPÍTULO 3
O PRÍNCIPE E SEUS SÚDITOS 30

CAPÍTULO 4
O PODER DO NOME 34

CAPÍTULO 5
O NASCIMENTO DE UMA CRENÇA 38

CAPÍTULO 6
O MUNDO ONÍRICO 42

CAPÍTULO 7
UM TELEFONEMA 48

CAPÍTULO 8
AS REGRAS DO JOGO 52

CAPÍTULO 9
A TEMPESTADE 56

CAPÍTULO 10
A ÚNICA SOBREVIVENTE 60

CAPÍTULO 11
A DISPUTA 66

CAPÍTULO 12
O GATILHO EMOCIONAL 70

CAPÍTULO 13
O DESPERTAR DE UMA GUERRA 74

CAPÍTULO 14
UM SOPRO DE ESPERANÇA 80

CAPÍTULO 15
O ÓDIO DO MASCULINO 84

CAPÍTULO 16
A MORTE DO FEMININO 90

CAPÍTULO 17
UM PASSEIO INUSITADO 94

CAPÍTULO 18
VIVER NO PASSADO 100

CAPÍTULO 19
O DESEJO DE PERTENCER 104

CAPÍTULO 20
EU TE OLHO, EU TE VEJO 110

CAPÍTULO 21
A LEI DO EQUILÍBRIO 114

CAPÍTULO 22
A HORA DO ADEUS 118

CAPÍTULO 23
A REALIZAÇÃO ENFIM 124

CAPÍTULO 24
O AMOR EM ORDEM 128

CAPÍTULO 25
A UNIÃO 132

CAPÍTULO 26
O ÚLTIMO BEIJO 136

CAPÍTULO 27
DE VOLTA PARA CASA 140

Capítulo 1

A ORIGEM DO SISTEMA

Era primavera de 1978, Gabrielle recentemente havia sido informada por sua mãe, Celeste, a respeito da mudança que estava programada ainda para aquele ano. Seu pai, João Otávio, vendera a grande casa da família, imóvel que havia sido projetado e construído por ele na capital do Rio Grande do Sul há alguns anos.

A doçura e inocência do primeiro setênio de Gabrielle a mantiveram apartada da realidade dos fatos. Para a pequena, a notícia não significava ir embora da casa, tampouco abandonar o balanço de madeira feito por seu pai, com o qual brincava em meio à sombra das frondosas árvores de seu quintal.

Quando Gabrielle nasceu, no verão de 1971, a família já se encontrava em uma excelente condição de vida, João Otávio era um reconhecido engenheiro, possuía diversas empresas no ramo da construção civil, gerava emprego e renda para muitas famílias e sentia-se orgulhoso pelo fato de ter enriquecido por seu próprio mérito, pois em sua família de origem, composta de seus pais e de suas duas irmãs mais velhas, a escassez de recursos e os problemas relacionados à moradia eram uma realidade constante.

Ele sempre pôde contar com o apoio de Celeste, que trabalhou junto dele nas empresas da família até o dia em que se tornou mãe pela segunda vez, momento em que passou a se dedicar ao lar e aos cuidados com a recém-nascida Gabrielle. Até os 7 anos de idade, a filha do casal desfrutou de uma infância muito feliz e segura, cercada de amor e atenção, aprendeu a dar seus primeiros passos na companhia dos cães da família e se divertia com os 25 interfones vermelhos que conectavam todas as peças da grande casa, meticulosamente equipada com diversas tecnologias da época.

Construída com base em uma arquitetura pós-modernista, a residência da família se destacava em meio as demais casas da rua, o gramado em frente à extensa fachada branca criava uma composição harmoniosa com as janelas de ipê amarelo, próximo à porta de entrada, um grande vitrô circular, composto das cores azul e verde, era parcialmente coberto pelo pinheiro que proporcionava sombra ao pátio frontal; à direita, uma larga rampa dava acesso à garagem com espaço para três carros; o hall de entrada era decorado com piso de ladrilhos hidráulicos de cor acastanhada, mesmo padrão do salão principal que dava passagem para o jardim de inverno. A casa tinha cinco dormitórios além da suíte do casal, cômodo onde ficava a grande banheira de mármore carrara cercada de cerâmicas florais, além de uma confortável sauna muito apreciada pela família. Todos os quartos possuíam portas de vidro com acesso para o pátio principal, que ligava a casa ao terreno de esquina que havia sido adquirido por João Otávio com o propósito de cultivar um grande pomar. O patrimônio da família também era composto de terrenos, salas comerciais e pavilhões, além da casa de veraneio localizada em uma bela praia no norte de Santa Catarina.

A majestosa casa estava localizada em um bairro afastado da região central. Com 5 anos de idade, Gabrielle começou a frequentar uma das melhores escolas da cidade. João Otávio a levava para o colégio a bordo de seu valioso veículo esportivo, diariamente os dois percorriam um trajeto de quase 15 quilômetros, enquanto ele ensinava à filha os nomes dos carros que por eles passavam, ao som de fitas cassete que tocavam suas músicas favoritas.

A identidade de Gabrielle estava se desenvolvendo com base no fato de ser filha única e, mesmo após tomar conhecimento do nascimento e precoce morte de seu irmão mais velho, ainda se considerava unigênita dentro daquele sistema. Pouco se falava sobre o triste fato ocorrido sete anos antes de seu nascimento, a descoberta da existência daquele que se chamara Benício, nome de seu avô paterno, ocorreu por acaso, quando a menina escutou parte de uma conversa entre seus pais. Curiosa, perguntou à mãe sobre o que estavam falando, foi quando Celeste lhe contou que seu irmão viveu por menos de dois dias e que, por conta de complicações do parto, sua vida havia sido tão breve.

Naquele momento a menina não dera importância àquela descoberta, tampouco fora capaz de mensurar a relevância que o ocorrido teria sobre suas vidas. Gabrielle sentia-se muito feliz com o fato de ser filha única, sentia que era especial, a princesa herdeira daquele grande castelo, que refletia em suas vidraças o movimento que os raios de sol ganhavam ao tocar a água da piscina de azulejos. A pequena nunca sentiu o desejo de desfrutar da companhia de irmãos, quando lhe perguntavam se gostaria de ganhar um irmãozinho, prontamente respondia com um simpático não.

Com a família vivia a adolescente Nádia, filha de um irmão mais velho de Celeste que viera morar na cidade com o intuito de estudar e ajudar com os afazeres da casa. Gabrielle nunca viu em Nádia a figura de uma irmã mais velha, mas nutria grande afeto pela prima que a tratava com tanto carinho e dedicação, sentia-se muito segura em sua presença e não chegava a se chatear quando a jovem a corrigia com firmeza e disciplina. Nádia era o braço direito de Celeste, que não a tratava como filha, tampouco como empregada, mas dava à moça seu lugar de sobrinha, preocupava-se com seus estudos e com seu futuro, pois era genuíno o desejo de que a filha de seu irmão se sentisse amada em sua casa.

Celeste era uma mulher muito forte, filha de agricultores que trabalhavam arduamente, cresceu ajudando sua mãe nas tarefas domésticas e no cuidado com seus muitos irmãos, pois era a oitava filha de um total de 13 e, embora dentro daquele sistema o trabalho na lavoura pertencesse aos homens da casa, ainda pequena, adorava participar do plantio, da colheita e da lida com os animais, enquanto sonhava em estudar e conhecer o outro lado do horizonte que contemplava em meio às terras de seu pai.

Dentro de seus contextos, tanto ela quanto o marido tiveram vidas difíceis antes de se unirem. João Otávio nasceu na capital paulista, assim como suas irmãs, e em tenra idade, tinha de sair à noite para procurar o pai, que vivia alcoolizado pelos bares da cidade, além de conviver com a grave tuberculose que precocemente tirou a vida de sua mãe. Celeste, com apenas 11 anos, saiu do convívio familiar no interior do Rio Grande do Sul para estudar e trabalhar em uma casa de família na capital, pois no local onde morava com a família o acesso à escola era extremamente precário e, naquele tempo, enviar os filhos para a cidade em busca de oportunidades era uma prática bastante comum, alguns de seus irmãos também passaram por essa experiência, que frequentemente ocorria de maneira traumática, como no caso de Celeste, que encontrou forças em seus estudos para suportar as humilhações vindas daquela família que poderia tê-la acolhido com mais amor.

Suas vidas transcorreram entre altos e baixos. Celeste seguiu estudando e após dois anos foi recebida por outra família que a tratava com mais respeito e dignidade. João Otávio morou num internato no interior do estado após a morte de sua mãe, retornando à capital alguns anos depois para ingressar na faculdade. Em meio a diversas dificuldades, os dois cresceram e se desenvolveram rumo ao início de vida adulta, gostavam de música, frequentavam bailes e dentro de suas rotinas de trabalho encontravam tempo para namorar.

Quando se conheceram, João Otávio, com 24 anos, acabara de concluir a graduação e Celeste, com 22, trabalhava em uma seguradora, além de estudar para prestar vestibular, desde que concluiu os estudos no 2º grau, mantinha-se focada em conquistar uma vaga no curso de Ciências Contábeis da Universidade Federal.

Ambos eram muito bonitos. Descendente de alemães, o rapaz esbelto de 1,85 m de altura, tez clara e olhos verdes, esbanjava confiança e até mesmo soberba; para ele, sua profissão era a porta de entrada para uma vida repleta de riqueza e prestígio. A moça de pele morena, olhos castanhos e cabelos cacheados representava em seu corpo simetricamente delineado o encontro das etnias africana e portuguesa; sempre determinada, focava seu plano de vida na busca por conhecimento e independência financeira.

O casamento ocorreu no outono de 1960 após um ano de namoro, foi uma cerimônia simples, compatível com o poder aquisitivo de um jovem casal que dava os primeiros passos rumo à formação de um novo sistema familiar. A decoração da igreja era humilde e sobre os bancos de madeira havia muitos lugares vagos em meio aos poucos convidados que se fizeram presentes. O noivo entrou na igreja acompanhado de Nora, sua irmã mais velha, com a qual dividia apartamento juntamente de seu pai; Celeste caminhou em direção ao altar com o tradicional vestido de noiva que bem representava sua virgindade e que, apesar de simples, formou uma composição harmoniosa com seu longo véu de três metros de comprimento. E segurando apenas uma rosa vermelha, que criou um belíssimo contraste com suas longas unhas pintadas de branco, o compromisso entre os dois foi selado com um carinhoso beijo na testa da noiva.

Capítulo 2

A MUDANÇA

— Mamãe, quando nos mudarmos eu posso continuar vindo aqui para tomar banho de piscina?

— Não, meu amor, esta casa agora será de outra família, mas não se preocupe, pois você irá nadar em outra piscina tão grande quanto essa.

Gabrielle ficou um pouco decepcionada com as palavras de Celeste, mas rapidamente se entusiasmou com a promessa de conhecer outras águas e exercitar sua grande paixão. Na presença da menina, o casal justificava a mudança em função da necessidade de morar mais próximo ao centro da cidade, porém, o real motivo para a venda da casa era outro. Há mais de dois anos os negócios não iam bem, João Otávio havia feito péssimas parcerias de trabalho, além de firmar sociedade com pessoas pouco confiáveis que acabaram lhe roubando de inúmeras maneiras, o que lhe gerou muitos problemas judiciais, inclusive por parte de seus mais de 300 funcionários, que já não recebiam seus direitos com a mesma regularidade de outrora. Seu maior erro foi confiar cegamente em pessoas que mal conhecia, ele possuía a habilidade de fazer grandes e rentáveis negócios com maestria, mas ingenuamente delegava seus poderes de administração desses mesmos negócios a pessoas sem caráter.

A família estava endividada e com muitos de seus bens penhorados, só lhes restava vender a casa e morar em um lugar mais simples, podendo assim negociar parte de seus débitos para reerguerem-se gradativamente. A casa e o terreno ao lado foram vendidos por uma alta quantia, o suficiente para adquirir um apartamento, levantar a penhora de outros bens e ainda realizar o depósito de encargos dos funcionários, mas João Otávio cumpriu seus compromissos na ordem inversa daquilo que havia combinado com a esposa. Priorizou o pagamento de seus empregados, quitou algumas dívidas das empresas e, por fim, não havia restado dinheiro nem mesmo para pagar um modesto aluguel.

O prazo para desocupação da casa estava correndo a passos largos, restavam apenas 25 dias para que a família pudesse encontrar um lugar para morar. Celeste estava inconformada com a aquela situação, a desarmonia acabou se instalando entre o casal, que tinha suas brigas interrompidas pelas incontáveis visitas dos Oficiais de Justiça, que traziam consigo intimações de novos processos trabalhistas, além de notificações de recentes penhoras, nem seus nomes poderiam mais ser usados como garantia de crédito com os bancos.

Ainda assim, em meio àquela situação perturbadora, Gabrielle era preservada pelos pais, que mesmo desesperados tinham o cuidado de não discutir na presença da filha, e Nádia, já com 19 anos, preocupa-se muito em proteger a prima, procurando afastar a menina de qualquer evento que pudesse deixá-la insegura.

Os dias foram se passando, a situação só piorava e não havia mais como protelar a mudança. Foi quando João Otávio decidiu pedir ajuda a uma de suas irmãs. Clarisse, a irmã do meio, também havia prosperado, ela e o marido eram advogados criminalistas e juntos deram uma boa condição de vida para suas quatro filhas. Ao tomar conhecimento da situação do irmão, Clarisse propôs a ele o empréstimo de um velho sobrado que estava parcialmente desocupado. O imóvel tinha uma excelente localização, ficava próximo ao centro, porém era muito antigo e estava em péssimas condições, havia infiltrações por toda parte e buracos no assoalho, além de ratos que habitavam o gelado e sombrio porão. Não havia outra opção naquele momento, então, em um dia tão nublado quanto as almas do casal, a mudança aconteceu.

Não existia espaço no sobrado para acomodar todos os pertences da família, que precisou se desfazer de móveis, louças, aparelhos de som e brinquedos, até mesmo o belo carro de João Otávio ficou sem abrigo, pois o velho sobrado não tinha garagem. Foi um dia tenso para o casal, uma mistura de sentimentos contraditórios, a gratidão em ter um teto por vezes dava lugar à insegurança e à tristeza provocadas por suas perdas. Aquela próspera família, que oferecia grandes festas ao redor de sua piscina, passou a viver em um ambiente insólito e na companhia de outros dois parentes do marido de Clarisse que também dependiam da bondade e caridade alheias.

Gabrielle não entendia muito bem o que estava acontecendo, para ela tudo não passava de uma grande brincadeira. A menina ficou muito empolgada com a grande escada de madeira do sobrado e por algum tempo a diversão de seus longos mergulhos na piscina foi substituída pela novidade de morar em uma casa de dois andares e fazer do velho corrimão seu novo escorregador particular. Agora já não havia mais o que na grande casa chamavam de quarto dos brinquedos da Gabi, decorado com jogos, aparelho de som e uma bela estante, cheia de bonecas Barbie que a família trouxe de uma viagem aos Estados Unidos.

A prioridade do casal era recuperar seu patrimônio, mas, acima de tudo, preocupavam-se muito com o bem-estar de Gabrielle, não queriam que a filha sentisse os efeitos negativos de tantas mudanças, mas àquela altura a transferência de escola se tornou inevitável, já não existiam mais recursos para arcar com a alta mensalidade e no terceiro ano primário Gabrielle ingressou no ensino público. Com uma despesa a menos, Celeste pôde cumprir a promessa que havia feito à filha e matriculou a menina em uma escola de natação, um pouco distante de onde estavam morando, mas com um preço muito acessível. Gabrielle nadou duas vezes por semana durante trinta dias. Era tudo muito diferente, a piscina com água aquecida tinha um teto, mas não tinha azulejos e só era possível nadar em espaços demarcados por grandes cordas de plástico, sob as orientações de um instrutor que coordenava outras crianças ao mesmo tempo. Gabrielle gostou da experiência, mas não sentiu falta quando teve de abandonar aquela estranha e regrada forma de contato com a água, o que trouxe alívio ao coração de Celeste, pois estava se tornando cada vez mais urgente a necessidade de reduzir despesas.

Clarisse emprestou o velho sobrado sem determinar um prazo de permanência ao irmão, pois ela acreditava que a estadia da família era apenas temporária e que o casal não estava medindo esforços para sair daquela situação. Dentro de três meses, João Otávio teve de fechar as portas de duas de suas principais empresas, arcando com os altos custos e burocracias relacionados a sócios e funcionários. Ele seguiu trabalhando em sua metalúrgica, que não lhe rendia muito dinheiro, mas era a única relação de trabalho que havia lhe restado, pois devido à grande dívida e aos problemas judiciais com o Conselho de Engenharia, já não era mais possível atuar em sua área de formação. Celeste, que sempre foi muito habilidosa ao confeccionar as roupas da filha, começou a costurar para fora, complementando a renda familiar.

A relação entre Celeste e Clarisse nunca havia sido totalmente pacífica, Celeste se chateava muito com o fato de o marido demonstrar mais interesse pela família da irmã do que por ela e Gabrielle, era como se João Otávio não estivesse inteiro dentro de seu sistema familiar, como se seu olhar estivesse constantemente direcionado para outro lugar que não a família constituída. Poderia ele estar preso à família de origem, ou quem sabe sua alma estivesse congelada na morte de sua mãe ou de seu filho. O fato é que a fala e as atitudes do marido, ainda que de modo velado, provocavam o ciúme de Celeste, que sempre teve o cuidado de não demonstrar sua insatisfação diante da cunhada. Clarisse sempre manteve uma postura fria em relação à esposa do irmão, não apenas pelo fato de ser uma mulher muito séria e contida em suas demonstrações de afeto, mas porque nunca aprovou a escolha de João Otávio de se unir em matrimônio com uma mulher que não compartilhava de sua descendência germânica, além de desaprovar a decisão de Celeste de se tornar uma mulher do lar e dedicar-se exclusivamente à maternidade.

Após a mudança, Clarisse diariamente visitava a família abrigada em sua casa e, embora seu gesto tenha sido de grande valor, sua postura deixava transparecer o prazer que experimentou ao ver a esposa do irmão naquela situação. Nas primeiras semanas ainda não havia telefone na casa, no final dos anos 1970 o sistema de telefonia era lento e burocrático, a transferência da linha entre as casas demorou algum tempo para acontecer, de modo que Clarisse aparecia sem aviso e nos mais diversos horários, sem o menor cuidado em respeitar a privacidade da família de seu irmão, pois, afinal, aquela casa era dela e quem precisasse estar ali sequer deveria questionar a presença da proprietária.

João Otávio nunca demonstrou desconforto com as constantes aparições da irmã, o novo contexto havia aproximado os dois mais ainda, pois ele passou a supervalorizar tamanha bondade, deixando claro para esposa e filha o quanto era importante que todos expressassem sua gratidão, ao mesmo tempo em que Clarisse fazia questão de receber e de cobrar essa gratidão, caso alguém, por algum momento, se esquecesse de manifestá-la. À própria maneira, ela amava o irmão, mas ao vê-lo naquela condição não pôde deixar de acreditar que ele estava recebendo a justa sanção que Deus o havia reservado, pois ela fora diretamente atingida pela conduta de seus pais, Benício e Evelyn, que feriram a ordem do sistema ao colocar o caçula em posição de superioridade em relação às irmãs que vieram antes dele.

Capítulo 3

O PRÍNCIPE E SEUS SÚDITOS

— Se você trouxer a este mundo o meu filho homem, vou lhe pagar em dobro.

Essas foram as palavras de Benício para a parteira que acompanhava o nascimento de seu terceiro filho. Até o momento do parto, não era possível saber o sexo do bebê, mas Benício nunca desistiu de se tornar pai de um menino. Não é possível estabelecer de modo preciso a origem do que hoje se entende por família, mas o fato é que desde as mais remotas culturas o nascimento do filho homem era visto com maior apreço pela sociedade, uma vez que a estrutura familiar estava alicerçada na figura do Pater, que levaria adiante o nome, as tradições e os cultos familiares, diferentemente da mulher, que ao se casar daria adeus a seu pai e passaria pertencer à família de seu marido; dessa forma, Benício estava apenas reproduzindo um comportamento atávico.

Evelyn já era uma mulher frágil quando deu à luz, seu corpo experimentava os primeiros desgastes provocados pela tuberculose, ainda assim seu ventre fora capaz de gerar o filho homem tão desejado pelo marido, e foi no inverno de 1935 que João Otávio viera a ocupar o lugar do filho caçula. A diferença de idade com relação a suas irmãs variava entre dez e sete anos, as meninas aparentaram contentamento com a chegada do irmãozinho, mas se sentiram abandonadas diante de tamanha comemoração, que perdurou por quase uma semana. Os festejos não pareciam condizentes com o nascimento de uma criança saudável, mas com a chegada da tão esperada realeza personificada na forma de príncipe.

Apesar das graves limitações financeiras da família, o menino cresceu cercado de mimos, suas vontades eram lei dentro de casa e sua mãe e irmãs eram tratadas por ele como empregadas. Não era culpa dele, fora ensinado por seu pai que a humanidade, e as mulheres em especial, estavam ali para servi-lo. A saúde de Evelyn a impedia de trabalhar fora, Benício não tinha emprego fixo, vivia de bicos e atividades informais que mal sustentavam seu vício em bebida, e a família era constantemente despejada dos locais por onde passavam. Quando as meninas chegaram à adolescência, seu pai exigiu que as duas fossem trabalhar fora para ajudar nas despesas da casa, mas quando a puberdade se fez presente para João Otávio, o jovem rapaz desfrutava de liberdade e rebeldia inerentes à idade, até mesmo seu precoce vício em cigarro era sustentado pelas irmãs, que a todo momento eram lembradas por ele acerca de sua superioridade em relação a elas.

Evelyn não tinha mais forças para lidar com os desmandos do filho, e quando João Otávio completou 15 anos, ela faleceu carregando consigo a dor provocada pela desordem em seu sistema familiar. Clarisse e a primogênita Nora não dispunham de tempo, tampouco de motivação para arcar com a criação do irmão. Elas decidiram que a família toda iria se mudar para o Sul do país, enviaram João Otávio para o internato, ao tempo em que Benício fora morar em uma clínica para dependentes químicos. Foi quando as duas, pela primeira vez, puderam viver suas próprias vidas em paz.

Durante o tempo em que morou no internato, o adolescente teve de seguir as inúmeras regras de um sistema de ensino tradicional, pautado em rígidos dogmas e preceitos católicos. Os privilégios a que estava habituado não tinham espaço dentro de um ambiente em que todos recebiam o mesmo tratamento. Seu principado havia acabado. Na presença de professores e colegas, João Otávio externalizava um comportamento agressivo e rebelde, era a única forma que tinha de expressar a dor pela morte da mãe, a tristeza pelo alcoolismo do pai, a saudade de suas irmãs e, principalmente, a infelicidade em receber o mesmo tratamento que os demais internos. Contudo, seus modos em nada comprometiam seu desempenho nos estudos, ele sempre atingiu as melhores notas em áreas de conhecimento de naturezas distintas, era habilidoso com cálculos, entendia de Física e História mundial e sua escrita era impecavelmente executada conforme as regras de linguagem formal.

Quando estava prestes a concluir o ensino médio, naquela época chamado de segundo grau, João Otávio fora expulso do internato por mal comportamento. Ao retornar à capital Gaúcha, Clarisse já estava casada, Benício deixou a clínica e foi morar com Nora em um pequeno apartamento alugado no centro da cidade. E foi com o pai e a irmã que o jovem rebelde passou a residir. Nora, que estava concluindo a graduação em Ciências Jurídicas, já possuía um bom emprego que lhe dava condições de arcar com as despesas da casa. Benício não havia se livrado totalmente de seu vício em bebida, mas já não vivia mais constantemente alcoolizado como no passado. A convivência entre os três era bastante difícil, o período no internato não ajudou João Otávio a assumir uma postura de maior empatia e humildade diante de seus familiares e, ao ingressar na faculdade de Engenharia, diferentemente de suas irmãs, teve seus estudos custeados pelo pai, que mesmo ganhando pouco com seus esporádicos trabalhos fez questão de novamente conceder privilégios ao filho homem, pois ele acreditava que o futuro engenheiro, por meio de seus grandes projetos, construiria um grande legado vinculado ao sobrenome da família.

Capítulo 4

O PODER DO NOME

Gabrielle Pereira Brandt, este teria sido seu nome caso João Otávio não a tivesse registrado com o sobrenome dele apenas. Tradicionalmente, o sobrenome do pai sempre ocupou lugar de destaque em diversas culturas, e não é incomum que milhões de crianças sejam registradas apenas com essa identificação em seu nome, porém o jovem pai nunca escondeu sua crença na superioridade do povo de origem germânica e desejava que sua filha fosse reconhecida por sua descendência, ainda que seus traços a tornassem uma bela e fiel cópia de sua mãe, o que de certa forma causava incômodo às tias, que de maneira velada demonstravam sua insatisfação pelo fato de a sobrinha não ter a pele tão clara quanto gostariam.

Gabrielle é uma variação do nome Gabriel, que para o povo hebreu significa homem forte de Deus, portanto, a filha de Celeste e João Otávio era a portadora da força de Deus, mas seu nome carregava uma história que ia muito além da origem etimológica.

Quando João Otávio completou 11 anos, tornou-se muito próximo de uma menina de 14 que morava no mesmo bairro, naquele tempo, meados da década de 1940, o namoro entre adolescentes estava mais pautado na admiração do que no toque físico, segurar na mão de uma mocinha era considerado um grande evento, e o período da troca de suspiros e cartas apaixonadas poderia se prolongar por meses até a sonhada concretização do primeiro beijo.

A menina, que morava a dois quarteirões, pertencia a uma família humilde, mas com valores pautados no respeito e honestidade, ela não andava solta pelas ruas e sempre encontrava João Otávio na presença do irmão mais velho.

Embora tivesse sido uma paixão de adolescência, dentro das leis de ordem e pertencimento não é possível desconsiderar o ocorrido, mas o que poderia ter sido uma linda história de amor com final feliz acabou se tornando apenas uma lembrança de dor para os envolvidos. Evelyn não aprovava aquele namoro, não por conta das idades, mas porque considerava que a menina não estava à altura do filho e decidiu pôr um ponto final na história. Em uma tarde de domingo, os três adolescentes reuniram-se na sala da casa de João Otávio para fazerem um pequeno campeonato de ioiô, foi quando Evelyn colocou um de seus pertences dentro da pequena bolsinha de crochê que a jovem havia deixado sobre uma cadeira e, na presença do filho, fez a grave e vergonhosa acusação de roubo, expulsando os jovens irmãos de sua casa sem lhes dar qualquer chance de defesa perante tamanha injustiça.

Gabrielle saiu correndo e chorando na companhia do irmão, não puderam nem mesmo se despedir. João Otávio correu atrás dos dois, mas se prostrou na calçada de casa e ali permaneceu até ver sua amada desaparecer por entre as ruas do bairro. A partir daquele dia, ele nunca mais mencionou o nome dela na presença da mãe e, apesar de triste, acreditou que sua amada era realmente uma ladra. Muitos anos se passaram até que Nora lhe contasse toda a verdade e, mesmo depois de tanto tempo, João Otávio preferiu se calar diante de tal revelação.

Celeste sempre soube dessa história e para ela não havia o menor problema em atender ao pedido de João Otávio, de dar à filha o mesmo nome do primeiro amor de seu marido. É possível que, ainda que de modo inconsciente, ele desejasse reparar a injustiça cometida por sua mãe e oferecer àquela moça um sincero pedido de desculpas, ajustando as falhas do sistema ao dar o devido lugar de pertencimento àqueles que, por quaisquer motivos, tenham sido excluídos.

Dentro de qualquer sistema familiar, é bastante comum que os filhos, sempre na intenção de incluir, deem um lugar aos antigos parceiros afetivos dos pais, mas embora a escolha do nome de Gabrielle pudesse ter equilibrado aquele passado de dor e humilhação, ainda na infância, a filha do casal apresentava um comportamento aparentemente injustificável. Ela sempre sentiu muito medo de ser abandonada pelo pai, quando pequena, adorava estar na companhia dele, brincavam, contavam histórias e nadavam juntos, mas a menina jamais se sentiu à vontade para sair de casa com o pai sem estar na companhia de sua mãe ou de Nádia, ela tinha certeza de que ele iria abandoná-la na rua.

Certo dia, quando Gabrielle estava com 4 anos de idade, João Otávio saiu mais cedo do escritório na intenção de levar a filha para passear de carro. Celeste a levou até a presença do marido, que havia estacionado em frente à casa, tentou convencer a filha a dar uma volta com o pai, porém a menina segurou as grades do portão com todas as suas forças e aos berros implorou para que ele não a levasse, pois não suportaria ser abandonada. Gabrielle só passou a sair sozinha com o pai quando começou a frequentar a escola, as primeiras idas foram tensas, mesmo quando acompanhadas da mãe, e foi apenas com o passar do tempo que a pequena sentiu mais confiança no pai e, por algum tempo, deixou de acreditar que ele seria capaz de se livrar dela.

Capítulo 5

O NASCIMENTO DE UMA CRENÇA

João Otávio justificava a exclusão do sobrenome de Celeste apenas por conta da harmonia sonora que pretendia para o nome da filha. O fato é que Gabrielle, assim como toda e qualquer criança, era mais sensível às dinâmicas ocultas da família do que se pode imaginar e, inconscientemente, poderia já estar acessando o velado sentimento de superioridade do pai em relação à ancestralidade de sua mãe. O fato é que João Otávio não era um homem racista ou preconceituoso, apenas compartilhava de um inconsciente coletivo que ainda guarda consigo grande apego ao valor de um sobrenome.

Quando pequena, Gabrielle não tinha opinião a respeito de seu nome, porém outros comportamentos de seu pai é que foram interpretados por ela como claras expressões de rejeição. Por conta de estarem morando na casa de Clarisse, a família passou a conviver com as filhas dela com maior frequência. As adolescentes, com pequenas diferenças de idade umas das outras, eram extremamente bem-educadas e sempre demonstraram carinho por Gabrielle, ensinavam-lhe truques e brincadeiras e jamais disseram não à prima, que constantemente lhes pedia para pentear seus longos cabelos loiros e lisos. Quando pequena, Gabrielle nutria uma profunda admiração pelas moças, que mais pareciam princesas retiradas dos contos de fadas e que, diferentemente dela, encaixavam-se perfeitamente no estereótipo de beleza ideal, bem representado pelas famosas bonecas com as quais brincava.

João Otávio dedicava muita atenção às sobrinhas, que tinham verdadeira paixão pelo tio que as apelidou de deusas e, de fato, não era exagero algum chamá-las dessa forma, mas aos poucos Gabrielle começou a sentir muito ciúme do pai, que em nenhum momento se dera conta de que poderia estar magoando a filha, uma vez que nunca se preocupou em lhe dar o mesmo adjetivo atribuído às primas dela. Para ele, ser carinhoso com as filhas da irmã era apenas uma forma de agradecer o empréstimo da casa.

Como já não possuíam mais a propriedade de veraneio, Clarisse convidou a família do irmão para passar um final de semana no litoral sul do estado, não se tratava somente de um ato de bondade, mas da necessidade de ter alguém para ajudar na limpeza do imóvel que ficara fechado durante todo o inverno.

Nádia não viajou com eles, ficou na cidade cuidando da casa e dos cães da família, pois a jovem sempre foi firme o suficiente para não se curvar diante de Clarisse, que a detestava e, portanto, a excluiu do convite.

No mesmo dia em que as duas famílias chegaram à praia, e após a organização de todos os cômodos, João Otávio convidou as sobrinhas para irem até a sorveteria que ficava a três quarteirões. Elas prontamente aceitaram o convite do tio, e com duas deusas de cada lado, em meio a altas risadas, começaram a caminhar em direção à avenida principal. Quando percebeu que estavam indo passear, Gabrielle rapidamente saiu de dentro da casa e tentou alcançá-los, enquanto chamava pelo pai pedindo que a esperasse, mas parou de correr assim que escutou a voz de João Otávio, que mesmo sem parar de andar, ordenou que a filha voltasse para dentro. Tomada por uma profunda tristeza, a pequena parou no meio fio da rua assim que percebeu que havia sido excluída da diversão.

Celeste foi até Gabrielle e a pegou no colo. As lágrimas da filha molharam o peito daquela dedicada mãe, que, se pudesse, teria tomado para si toda a dor que a menina estava sentindo, mas naquele momento Gabrielle só se importava com o amor do pai, queria tê-lo de volta só para si e embora ainda gostasse muito das primas, desejou que todas elas nunca tivessem existido.

Quando retornaram, Celeste confrontou o marido com a mesma fúria de uma leoa que defende sua prole, acusando-o de ser um péssimo pai, pois ao deixar a filha de lado sequer havia sido capaz de olhar para trás e demonstrar o mínimo de sensibilidade perante o sofrimento de uma criança.

— Você tem noção do que acabou de fazer? Nossa filha está chorando há mais de uma hora.

— Mas qual o problema, Celeste? Tínhamos de ir logo, pois a sorveteria estava quase fechando. Se eu esperasse Gabrielle não daria tempo.

— Pois então que não tomassem sorvete. Sempre que estamos na companhia das meninas você não dá a menor importância para nossa filha, como você acha que ela está se sentindo? Agora não para de dizer que se fosse igual à Barbie você teria voltado.

— Mas você sabe que dou atenção às meninas por pura gratidão.

— Não me interessa, agora vá ficar com Gabrielle e dê um jeito de consertar essa estupidez.

Quando se aproximou da filha, ainda emburrada, João Otávio, que não possuía a menor habilidade em se desculpar, esboçou um leve sorriso forçado diante da gélida postura da menina.

— Você não está brava com o papai, não é mesmo?

Gabrielle permaneceu indiferente à pergunta e manteve o olhar fixo na parede do quarto onde a família iria passar a noite. Sem paciência de esperar por uma resposta, deu dois tapinhas carinhosos nas costas da filha e foi para sala jogar xadrez com o cunhado. Ele não era mau, era apenas imaturo e sem sombra de dúvida amava sua filha mais do que qualquer coisa no mundo, mas, antes de ser pai, ele era um homem comum, assim como Celeste, antes de ser mãe, também era uma mulher comum.

À luz de uma visão sistêmica, enxergar os próprios pais como seres em processo de evolução, sem lhes atribuir o fardo de uma perfeição idealizada, é uma conduta que teria protegido Gabrielle de cair na armadilha de julgar seu pai. Mas como esperar que uma criança de 8 anos pudesse ser capaz de manter tal postura? E foi desde aquele final de semana que Gabrielle voltou a acreditar que seu pai seria capaz de abandoná-la. Com o passar do tempo, foi nutrindo dentro de si um grande sentimento de rejeição, uma vez que, por não ser uma deusa loira de olhos claros, estava convicta de que não era digna de receber o amor do pai.

Capítulo 6
O MUNDO ONÍRICO

Gabrielle estava muito feliz, nadava na límpida água de sua piscina, o dia estava ensolarado, os pássaros cantavam próximo às árvores e seus amados cães brincavam sobre o gramado que contornava toda a casa. Entre um mergulho e outro, reparou que um dos azulejos se desprendeu dos demais e foi parar no fundo da piscina. Ela encheu os pulmões de ar e foi buscá-lo para que pudesse ser recolocado em seu lugar. Quando voltou à superfície, reparou que vários outros azulejos também haviam se desprendido, deixando à mostra diversos buracos por onde saía um líquido escuro e viscoso que mais parecia lodo. Rapidamente, aquela enorme quantidade de água foi adquirindo um aspecto assustador. Gabrielle não conseguia nadar até a escada para se salvar, ela estava prestes a ser engolida pela lama. Quando finalmente conseguiu juntar forças para gritar, sua mãe já estava tentando acordá-la para ir ao colégio.

— Minha filha, você está bem? Teve mais um daqueles pesadelos?

A menina, que não gostava de conversar logo pela manhã, saiu correndo da cama e desceu as escadas para tomar seu café na cozinha.

Antes de sair, segurou sua pesada mochila da escola, que não continha apenas livros e cadernos, mas também guardava um pequeno tesouro escondido com muito carinho: uma caixinha com dois líquidos coloridos utilizados para medir o pH da água de sua piscina. Ao organizar seu material, Gabrielle segurou por alguns segundos o pouco que havia restado de seu castelo, enquanto tentava entender o significado escondido em seus perturbadores e recorrentes sonhos.

Até o momento em que permaneceram na casa, a piscina estava em excelentes condições, e seria improvável pensar que Gabrielle estivesse recebendo uma premonição a respeito do estado de conservação daqueles azulejos.

Embora o mundo onírico tenha sido exaustivamente estudado por Sigmund Freud, desde a Antiguidade os sonhos ocupam lugar de destaque na vida social e política de diversas civilizações, e são inúmeros os relatos que anunciaram os mais variados eventos, ainda que de modo simbólico, como no caso do Faraó e suas sete vacas magras e sete vagas gordas, contido no livro de Gênesis da Bíblia, que anunciaram os períodos de fartura e de escassez do Egito.

A simbologia contida nos sonhos de Gabrielle poderia bem representar a mudança de condição de vida de sua família, uma vez que a límpida água rapidamente se transformava na lama da qual não conseguia se libertar. Desde muito cedo, João Otávio ensinou Gabrielle a sonhar. Amante de estudos oníricos, ele sempre dedicou muito tempo à prática de meditações que o levassem a experimentar sonhos lúcidos ou premonitórios, mas embora estivesse claro para ele a mensagem que havia nos sonhos da filha, preferiu não acreditar que suas vidas pudessem permanecer por muito tempo mergulhadas em águas turvas e lamacentas, semelhantes às de um fundo de poço. Quando Gabrielle lhe contava seus sonhos, ele agia com desdém.

— Papai, tive outro daqueles sonhos com a piscina, por que a água limpa fica tão suja? E por que eu sempre fico presa nela? Será que algo ruim vai acontecer?

— Bobagem, filha, não deve ser um sonho premonitório, é só resquício do que você assistiu na televisão durante o dia.

João Otávio e suas tantas contradições, por que razão acreditar nos mistérios do mundo onírico para depois desconsiderar suas revelações? O fato é que ele não suportava a ideia de que alguém tão mais jovem e sem todo o conhecimento dele pudesse tão rapidamente pôr em prática seus ensinamentos. Sua postura autoritária e machista o convenceram a não levar tão a sério os sonhos de uma criança e, ao invés de se sentir orgulhoso pelo fato de sua pequena discípula ser capaz de receber informações repletas de significado, ele se manteve convicto de que se o universo quisesse alertá-lo a esse respeito, teria dado a ele os sonhos acerca de seu futuro.

Gabrielle foi para a escola pensando naquelas imagens tão vívidas que não se afastavam de sua tela mental. Já em sala de aula, ao invés de prestar atenção no conteúdo explanado pela professora, voltou a segurar sua relíquia dos tempos de piscina e dentro dela começou a desabrochar a genuína intenção de voltar para sua verdadeira casa. Não se tratava apenas de saudade, mas, inconscientemente, Gabrielle absorvia muito do descontentamento e preocupação de seus pais. A escassez de recursos, além da condição de dependência em relação à tia tão cobradora, afetava profundamente seu sistema familiar. "Toda aquela brincadeira já não tinha mais a melhor graça", pensou ela.

Quando retornou da escola, ela almoçou com sua mãe e Nádia, pois seu pai passava o dia inteiro na empresa, localizada na região metropolitana, muito distante de onde moravam. Como já não possuía mais seu belo Porsche 911 para se locomover rápida e confortavelmente, ele optou por não mais almoçar com a família, assim poderia economizar o combustível que abastecia o único veículo que podia manter, um velho Fusca azul pastel.

Durante dois anos, a família permaneceu morando no imóvel de Clarisse. A condição financeira do casal não havia melhorado, Gabrielle seguiu estudando e sendo cada vez mais visitada por seus sonhos, Celeste costurava para fora e Nádia, que estava estudando para se tornar enfermeira, já tinha um emprego estável em um grande hospital da capital. Embora a vida da família tivesse se estabilizado em um padrão muito diferente de outrora, o casal nunca desistiu de voltar a ter a própria casa, João Otávio estava sempre tentando empreender para recuperar sua fortuna, mas só obtinha frustração como retorno de suas investidas, e Celeste, com suas clientes de costuras, conseguia apenas garantir à família uma modesta alimentação, além do pagamento de algumas contas, ela não podia sequer desfrutar de paz para executar seu trabalho em casa, pois a soberba de Clarisse, com suas repentinas aparições, estava sempre ali para lembrá-la de sua condição de dependência e inferioridade.

No mesmo dia, depois que as três fizeram sua refeição, Nádia rapidamente retornou ao trabalho levando consigo o material da faculdade que frequentava à noite, ela era extremamente comprometida com seus estudos, o que a levou a conquistar sua vaga na Universidade Federal da capital. Celeste foi lavar a louça do almoço na companhia de seus pensamentos, e Gabrielle se aproximou dela com um olhar que mais parecia um pedido de socorro.

— Mamãe, quando vamos voltar para casa?

A pergunta da filha a machucou como uma grande facada em seu peito. Sem deixar transparecer sua tristeza, Celeste conteve a angústia, largou a louça, enxugou suas mãos e saiu da presença da menina sem dizer uma palavra. Subiu para seu quarto, trancou a porta, encolheu-se no chão e ali chorou. Chorou por seu destino, chorou pelas humilhações que sofria constantemente, chorou ao ver que a filha também não desejava estar ali.

Ela estava em busca da mesma resposta, aquela não era sua casa, tampouco um lar, não era a vida que desejara para si. Se ao menos lhe tivesse sido dada a oportunidade de fazer a graduação que havia sonhado, poderia quem sabe ter uma renda melhor, mas o homem que amava profundamente, e que havia escolhido para construir sua família, impôs a ela que desistisse de frequentar uma faculdade como condição para se casarem, pois ele alegava que queria ter uma esposa e não uma sócia. Não se tratava de querer arcar com os custos de um curso superior, pois o valor mensal do adestramento que ele havia feito em seus cães lhe custara mais caro que uma mensalidade de ensino superior.

Àquela altura, frustação, revolta e arrependimento se misturavam dentro dela, só conseguia sentir ódio do marido e culpá-lo por estarem vivendo naquela condição de subserviência, pois durante o tempo em que trabalhou com ele nas empresas dele os negócios estavam sempre prosperando.

Gabrielle também era alvo dos ataques de Clarisse, não era algo direcionado especificamente para a menina, pois qualquer outra criança fruto daquele casal iria experimentar os efeitos da grande mágoa que a tia nutria por João Otávio. Certo dia, quando Gabrielle estava em casa com duas coleguinhas da escola, Clarisse chegou com uma grande sacola. Eram roupas velhas de suas filhas que ela pretendia dar à sobrinha, pois, devido à escassez de recursos, a família não tinha como destinar qualquer quantia para vestir Gabrielle. Na frente das três meninas, Clarisse espalhou todas as roupas com seu já conhecido olhar de superioridade.

— Querida, trouxe para você essas roupas velhas, já que seu pobre pai não tem condições de lhe dar mais nada.

As amigas começaram a rir, e Gabrielle foi tomada por uma vergonha avassaladora. Ela não retrucou a tia, abaixou a cabeça mergulhada em sua humilhação, pois a obediência era parte do contrato invisível que garantia a moradia de sua submergente família. Com 9 anos de idade, Gabrielle começou a se afastar de toda e qualquer colega de escola, pois dentro dela se desenvolvia um comportamento de isolamento, não somente por vergonha, mas por fidelidade cega ao comportamento de João Otávio que, diante daquela configuração, acabou se escondendo de todos os amigos. Embora não demonstrasse, ele também se sentia humilhado, não queria que ninguém presenciasse seu doloroso fracasso. E assim como nos sonhos de Gabrielle, ele percebia-se isolado e preso à lama que, sem piedade, insistia em sufocar sua vida.

Capítulo 7

UM TELEFONEMA

Era uma manhã de sábado, João Otávio consertava a pia da cozinha enquanto Gabrielle brincava ao redor, Celeste e Nádia estavam em busca de ofertas na feira livre que acontecia no mesmo bairro. O telefone tocou, ele não imaginava, mas ao atender aquela ligação seu mundo estava prestes a desmoronar mais uma vez. Era Clarisse pedindo ao irmão que devolvesse sua casa, a filha mais velha dela estava de casamento marcado e ela pretendia reformar o sobrado para que o jovem casal pudesse se mudar para lá.

Àquela altura, os outros dois moradores que ali residiam já haviam feito suas vidas em outro lugar e, agora, chegara a vez de João Otávio. Enquanto conversava com a irmã, ele apenas ria, ria muito, um riso nervoso e desconcertado, um riso que mascarava o desespero que qualquer pai de família experimentaria naquela situação. Eles não tinham para onde ir.

Gabrielle achou interessante o comportamento do pai, ainda não tinha discernimento suficiente para captar a angústia por trás de tantas risadas, volta e meia o cutucava, queria que ele compartilhasse aquilo que parecia ser tão engraçado. Quando desligou o telefone, não contou à filha o que havia acabado de lhe tirar o chão, imediatamente avançou em sua carteira de cigarros, devorando-a em apenas alguns minutos.

Quando Celeste e Nádia retornaram, encontraram um homem à beira da loucura, o casal se trancou em seu quarto para discutir enquanto Nádia deu atenção à prima, que, àquela altura, já não estava entendendo nada.

— Temos que ir embora, Clarisse quer a casa!

— Não! Não! Não! Meu Deus, o que vamos fazer? Mal conseguimos nos alimentar, não podemos pagar um aluguel, quem aceitaria ser fiador de um casal tão miserável? João Otávio, estamos na rua.

Celeste se dividia entre sua raiva e o medo de ver o marido enlouquecer diante dela. Mesmo culpando João Otávio, teve o cuidado de não o acusar em um momento de tamanha fragilidade. Por mais de uma hora o casal se manteve trancado em seu dormitório, não havia tempo para lamentações, precisavam encontrar uma saída o mais rápido possível, pois teriam de deixar o imóvel dentro de 60 dias. Com as duas mãos na cabeça, ele andava de um lado ao outro repetindo que não deveria ter vendido a casa, porém era o único imóvel que poderia ter sido negociado, pois o patrimônio das empresas, contas bancárias e até mesmo seus móveis estavam penhorados.

A conversa, que poderia ter sido focada na busca por estratégias, serviu apenas para quebrar por completo a confiança que Celeste nutria pelo marido, e foi diante da terrível confissão de João Otávio que sua postura empática ruiu por completo.

— Eu sou muito estúpido, devia ter vendido o carro, que não estava no meu nome. Até isso eu perdi.

— Você não perdeu o carro, lembra que a venda aconteceu para arcar com as despesas das empresas?

— Não, Celeste, não. Eu joguei o carro em uma mesa de pôquer para tentar nos tirar dessa situação. Até no jogo eu sou incompetente!

— Você está delirando, não fale uma coisa dessas nem de brincadeira, eu sei que você não faria isso.

— Pois eu fiz, fiz tudo errado, por que você acha que numa manhã eu saí para trabalhar de Porsche e voltei de Fusca? Eu joguei e perdi! Eu mereço morrer!

— Por que você não me consultou antes de fazer uma barbaridade dessas? Se estava desesperado a esse ponto, deveria ter falado comigo antes, eu jamais teria permitido que você jogasse nosso carro!

— Permitir? Você disse permitir? Quem precisa de permissão para alguma coisa? Já lhe disse mil vezes que mulher foi feita para obedecer.

Não havia mais argumentos, aquela discussão não terminaria bem. Sem acreditar no que havia acabado de escutar, Celeste se calou. Sentindo-se traída e desvalorizada, saiu da presença do marido, concordando com ele ao pensar que um homem daqueles realmente merecia morrer.

Capítulo 8

AS REGRAS DO JOGO

Quando se casaram, Celeste foi morar com o marido, Nora e Benício. O apartamento era pequeno e a convivência desgastante para todos, especialmente para a jovem recém-casada, que todos os dias presenciava inúmeras brigas que ocorriam pelos mais variados motivos. Nora, com suas mágoas em relação ao pai e ao irmão, implicava com todas as atitudes deles, frequentemente se descontrolava e tomava Celeste como sua confidente, contando aos berros sobre o quanto os dois já haviam sido cruéis com ela; Benício, quando bebia, balbuciava ao redor dos filhos implorando por atenção, chegando ao ponto de um dia cair embriagado sobre o namorado de Nora, que, tomada por grande vergonha, passou a odiá-lo ainda mais; e João Otávio, com sua arrogância de sempre, deitava-se no sofá da sala e ordenava que alguém descesse para comprar seus cigarros.

Na primeira semana de casada, Celeste já estava apavorada, não era acostumada com um ambiente tão conflituoso; tanto em sua enorme família de origem, quanto na casa da família em que viveu até se casar, a harmonia e o equilíbrio dificilmente eram violados. O casal trabalhava o dia todo, conseguiam estar juntos somente nos finais de semana e à noite durante a semana, exceto às sextas-feiras, quando João Otávio e Benício desapareciam, retornando apenas no sábado com o nascer do sol.

Quando questionava o marido, ele apenas lhe dizia que eram coisas de homens e que ele não a estava traindo com outra mulher. E de fato não estava, a traição não era conjugal, mas tratava-se de uma omissão, pois foi somente após o casamento que Celeste descobriu que seu marido e sogro eram viciados em jogos de azar. Ela se sentiu enganada, e de certa forma traída também, pois um fato de tamanha relevância deveria ter sido revelado a ela enquanto ainda estavam solteiros. Provavelmente ela não teria desistido de se casar, pois o amava de verdade, mas ao menos não teria experimentado a sensação de ter sido iludida.

Após dois anos de casados, Nora também se casou e foi morar com o marido em um apartamento próximo dali. João Otávio já estava começando a construir sua grande casa, que ainda levaria em torno de dois anos para ficar pronta. Benício continuou morando com eles, e Celeste foi demitida da seguradora onde trabalhava, pois um dia perdeu seus documentos e ao ter de refazê-los, usou seu nome de casada; era política daquela empresa manter apenas funcionárias solteiras na intenção de não arcar com os custos de uma licença-maternidade. Ela passou então a cuidar das finanças da empresa do marido e, no inverno de 1963, descobriu-se grávida de seu primeiro filho. João Otávio e Benício ficaram radiantes com a notícia, espalharam aos quatro ventos que um filho homem estaria a caminho.

— Enfim vou ter um neto homem.

— Calma, Benício, posso estar grávida de uma menina, não sabemos ainda.

— É homem, sim, eu tenho certeza. Meu neto vai ser um homem forte que vai perpetuar nosso sobrenome.

Ele já era avô das meninas de Clarisse, mas a expectativa de que seu filho homem pudesse lhe dar um neto homem o deixou eufórico. Ele desceu até o bar da esquina e bebeu tanto que, no final do dia, João Otávio e um vizinho tiveram de carregá-lo para casa.

Celeste não compartilhava da mesma certeza do sogro, para ela o sexo do bebê não fazia a menor diferença, desejava apenas que fosse uma criança saudável e feliz, embora ela própria não estivesse se sentindo bem. Ela desejou muito aquele filho, mas dentro dela se instalou uma angústia inexplicável, que não se tratava apenas do mal-estar provocado por vômitos, azia e tontura próprios da gravidez, mas estava muito mais relacionada ao mau pressentimento que insistia em lhe fazer companhia.

Quando estava com 12 semanas de gestação, sonhou que amamentava seu lindo bebê, que, ao invés de sorver seu leite com suavidade, se transformou em uma criatura horrenda que a encarava com olhos de fúria e com enormes dentes podres e quebrados que, sem piedade, lhe mastigaram os seios cheios de leite. O sonho da esposa deixou João Otávio apreensivo, em seus estudos ele sabia o significado contido naquelas imagens. Dentes deteriorados poderiam muito bem representar a morte, a dor e a perda, mas nem mesmo essa preocupação fora capaz de mudar seu comportamento, e ele seguiu deixando a esposa grávida sozinha durante as noites de sexta-feira.

Celeste tinha certeza de que algo ruim iria acontecer, nem mesmo suas orações diárias traziam conforto a seu coração. Antes de ir para a maternidade, chegou a escrever uma carta de despedida para o marido, ela não temia pelo bebê, mas acreditava que iria morrer no parto sem a possibilidade de conhecer seu filho. E de certa forma ela estava certa, não pôde conhecê-lo com vida.

Numa manhã de quinta-feira, já com 39 semanas de gestação, João Otávio levou a esposa ao hospital, sua bolsa havia estourado e ela sentia as fortes dores que anunciavam seu trabalho de parto. O médico que a acompanhou durante os nove meses estava de férias e a deixou sob a responsabilidade de outro obstetra que não demonstrou o devido comprometimento com sua paciente. Celeste passou mais de oito horas com fortes dores, o som de seus gritos podia ser ouvido ao longe, assim como as súplicas de Benício e João Otávio, que, desesperados, imploravam por providências.

Era mais do que urgente a necessidade de realizar uma cesárea, pois Celeste não tinha sequer três dedos de dilatação para trazer seu filho ao mundo. Quando finalmente a cirurgia foi realizada, o bebê foi imediatamente levado para a unidade de pronto-atendimento, e Celeste permaneceu inconsciente por mais de 12 horas.

Ao despertar, sentiu as mãos geladas de João Otávio tocando seu rosto.

— Onde está o meu filho? Quero segurá-lo.

— Calma, Celeste, vai ficar tudo bem.

— Calma coisa nenhuma, o que aconteceu? Onde está o meu bebê?

O filho deles permanecia na UTI entre a vida e a morte. Benício estava no quarto, mas se manteve afastado dela na intenção de disfarçar a tristeza evidenciada por suas lágrimas. Os dois não tiveram coragem de lhe contar sobre a gravidade da situação, ela estava debilitada, temiam que não tivesse forças para suportar tamanha tristeza.

Celeste começou a gritar pelas enfermeiras, alguém lhe devia uma explicação, mesmo sem forças, pediu para que lhe tirassem da cama. Clarisse e Nora entraram no quarto e tentaram acalmá-la e foi somente após três dias, quando recebeu alta do hospital e já não havia mais desculpas que justificassem a ausência de seu bebê, que João Otávio lhe contou a verdade. Benício Neto já estava enterrado.

Todos estavam desolados, mas nenhuma dor era capaz de se equiparar ao pior dos sofrimentos que uma mulher é capaz de enfrentar. Celeste deixou a maternidade carregando em seus braços o pouco que havia restado da vida que nutriu em seu ventre, uma frágil folha de papel, que, mesmo completamente borrada por suas lágrimas, ainda atestava o óbito de seu filho.

Durante muito tempo ela sentiu raiva do marido e sogro, não entendia por que eles não lhe contaram a verdade, mesmo sabendo que a intenção deles era poupá-la, não achava justo que não a tivessem deixado conhecer seu filho, ainda que sem vida.

Capítulo 9

A TEMPESTADE

Em busca de uma solução para a moradia de sua família, João Otávio teve a ideia de pedir ajuda a uma das irmãs de Celeste. Sônia, um ano mais velha do que ela, morava com o marido num sítio que ficava em uma estrada de chão batido quase na divisa da capital, ela adquiriu seis hectares de terra com a parte que lhe coube da herança de seus pais, que já haviam falecido há alguns anos no interior, onde viviam.

Há dois anos Celeste também recebeu sua parte, não era muito dinheiro, pois a partilha havia sido feita entre os 13 irmãos, mas teria sido o suficiente para adquirir uma casa. Ela entregou o dinheiro a João Otávio, que a convenceu de que poderia multiplicar aquela quantia, fazendo o investimento em uma empresa que veio a falir logo em seguida.

Sônia cuidava dos afazeres da casa, plantava hortaliças, criava porcos e galinhas, enquanto seu marido saía diariamente para trabalhar em um banco no centro da cidade. O casal havia perdido seu único filho, o pequeno Davi faleceu com apenas quatro anos de idade em um grave acidente de carro. Na época, Gabrielle com seis anos, sentiu muito a falta de seu querido primo.

Nas terras de Sônia, ao lado de sua casa, havia um casebre de madeira e piso de barro batido, o espaço era usado para guardar a ração dos animais, além de ferramentas e diversos utensílios utilizados na manutenção do sítio, não era um lugar apropriado para moradia, as janelas não tinham vidros e a porta de entrada era presa apenas por uma tramela, mas foi ali mesmo que Celeste, João Otávio e Gabrielle conseguiram um abrigo. Como o local era muito afastado do centro da cidade, Nádia, que já estava com sua vida encaminhada, foi morar em um pensionato para moças perto do hospital onde trabalhava. Sônia adorou receber a irmã, ela se sentia muito sozinha, quase não havia vizinhos ao redor, e ela fez questão de organizar o casebre para que a família pudesse se mudar. Mas o que foi a alegria de Sônia se tornou a ruína de Celeste.

João Otávio conseguiu devolver a casa da irmã dentro do prazo estabelecido, e no dia em que a mudança estava programada para acontecer, a chuva era tão forte que a família chegou a pensar em adiar a saída do sobrado. Até o último minuto em que permaneceram ali, Celeste esperou por um milagre, seria aquela chuva um sinal enviado por Deus? Teria Ele piedade de sua família a ponto de reverter aquela situação? Ela não gostava de morar na casa de Clarisse, mas morar perto de Sônia era um pesadelo infinitamente maior, não somente pelo fato de ser um lugar insólito, mas porque sua vida estava indo ladeira abaixo, a situação só piorava ao invés de melhorar, e morando em um lugar tão afastado ela sequer poderia manter suas clientes de costuras para garantir a alimentação da família. Mas não havia como voltar no tempo, aquele destino já estava determinado.

Celeste e a filha viram o caminhão da mudança partir com seus pertences, enquanto João Otávio trancava as portas da casa de sua irmã. Elas foram esperar por ele dentro do velho Fusca, Gabrielle dividia o banco de trás com seus cães e algumas sacolas, enquanto Celeste tentava desembaçar o vidro dianteiro com algumas toalhas velhas.

Estranhamente, Clarisse não apareceu naquele dia, pediu a João Otávio que deixasse as chaves na casa de uma vizinha para que ela buscasse em outro momento. No fundo ela estava constrangida pelo fato de ter pedido a casa, não sabia que a situação do irmão era tão grave, não imaginava que eles só teriam um lugar praticamente insalubre como opção. Na realidade, ela tentou fazer com que ele saísse da inércia, pois acreditava que, durante os dois anos em que permaneceu em sua casa, ele poderia ter se reerguido. A filha dela nem desejava morar ali, mas ela criou toda aquela situação para forçar João Otávio a tomar uma atitude e quem sabe voltar a ser aquele próspero empreendedor que um dia fora capaz de conquistar tanto em tão pouco tempo, pois embora tivesse suas mágoas, ela não desejava mal ao irmão.

Quando a família chegou ao sítio, o caminhão da mudança já estava sendo descarregado. Sônia estava animada em ajudar a colocar os móveis no lugar, ela foi muito acolhedora, estava esperando por eles com uma refeição quentinha e fez um bolo de laranja especialmente para Gabrielle. Ela teria agora com quem compartilhar seus tristes e solitários dias, e quem sabe assim amenizar um pouco da dor que carregava em função da perda de seu menino. Celeste não queria descer do carro, chegou a pensar que um raio poderia cair sobre suas cabeças e pôr fim àquele trágico destino. Sônia abriu a porta do velho Fusca e puxou a irmã pelo braço, dando-lhe um carinhoso abraço de boas-vindas.

— Seja bem-vinda, minha irmã. Nossa mãe estaria muito feliz em nos ver morando juntas.

Celeste não esboçou qualquer reação, apenas pensou que sua mãe jamais lhe desejaria tamanha desgraça. Gabrielle se abrigou embaixo de algumas telhas que protegiam o chiqueiro dos porcos, que gritavam intensamente chamando a atenção de seus cães, que, assustados, começaram a latir. João Otávio foi verificar a possibilidade de fazer uma ligação de luz entre as casas, para que ao menos não precisassem permanecer no escuro por muito tempo.

O dia seguinte amanheceu ensolarado. Luiz Fernando, marido de Sônia, foi até o casebre antes de sair para o trabalho, queria ver como estavam seus novos vizinhos. Ele tinha paixão por Gabrielle e gostava do cunhado como se seu irmão fosse. João Otávio não foi trabalhar naquele dia; Gabrielle, que foi transferida para uma escola próxima dali, também não saiu de casa; e Celeste, que permaneceu por um bom tempo sentada em uma das muitas caixas que continham seus pertences, recusou-se a colocar os objetos no lugar, ela tinha a esperança de que aquela situação ultrajante não durasse mais do que algumas semanas.

Ela saiu de dentro da casa, não aguentava escutar o barulho vindo do chiqueiro dos porcos, foi caminhar pelas terras da irmã enquanto pedia uma resposta a Deus, embora naquele momento ela tivesse certeza de que Ele já havia se esquecido dela. Enquanto andava sem rumo, começou a fantasiar a respeito da vida que gostaria de estar vivendo, queria estar em sua piscina na companhia dos filhos, Benício Neto já estaria grande e seria muito amigo da irmã, João Otávio teria orgulho da linda família que construíram juntos e estaria prosperando cada vez mais.

Capítulo 10

A ÚNICA SOBREVIVENTE

Benício Neto não chegou a ganhar o mesmo posto de príncipe que seu pai, pertenceu ao sistema familiar como primogênito, mas pelos desígnios da vida não pôde se realizar. Depois da morte do neto, Benício não parou de beber um dia sequer, ele se sentia responsável pelo sofrimento de Celeste, chegou a dizer ao filho que a culpa era deles, pois ao invés de saírem para jogar, deveriam ter dado mais atenção à futura mãe. Celeste permaneceu alguns dias em casa, mas em seguida decidiu voltar ao trabalho para não ser consumida por sua melancolia e para não ter de ficar perto do sogro constantemente alcoolizado. João Otávio decidiu alegrar a esposa e um dia chegou em casa carregando um presente que escondera atrás de si.

— Celeste, adivinha o que eu lhe trouxe!
— Eu sei o que é, uma cachorrinha preta!

Ele entregou à esposa aquela pequena bolinha de pelos da raça pequinês, foi a primeira vez que viu Celeste sorrir depois da morte do filho. Ela segurou sua cachorrinha junto ao peito e a chamou de Nina. É certo que um cão jamais iria substituir seu bebê, mas ao menos ela tinha em seus braços um frágil ser que era totalmente dependente de seus cuidados e a quem poderia dedicar o amor que havia sido represado em seu coração.

Ao cuidar do setor financeiro da empresa do marido, Celeste se manteve ocupada, dividia uma sala de trabalho com outras duas funcionárias e, embora conseguisse se manter focada em seus afazeres, volta e meia se trancava no banheiro do escritório para chorar. Durante o horário de trabalho, João Otávio quase não ficava perto da esposa, passava praticamente o dia inteiro visitando as obras pelas quais era responsável. Em pouco tempo ele fundou duas outras empresas que agregariam valor a seus serviços de engenharia: uma fábrica de canos e tubulações e uma Sociedade Limitada de instalação de porteiros eletrônicos. Celeste então passou a ter mais trabalho, pois as empresas tinham seus contadores, mas João Otávio, mesmo com sua postura machista, confiava muito na habilidade da esposa de conferir cada centavo que circulava em seus caixas. Ainda assim, ele nunca fora capaz de admitir que errou ao proibi-la de cursar Ciências Contábeis.

Um ano se passou, o casal encerrou mais uma jornada de trabalho e antes de irem para casa pararam em um restaurante para jantar. Quando Celeste enxergou a comida que o garçom havia colocado sobre a mesa, imediatamente foi até o banheiro para vomitar. Ela estava grávida. No dia seguinte, após ir ao médico e confirmar sua gestação, Celeste entrou em pânico, queria muito ser mãe, mas não imaginava passar novamente por todo aquele sofrimento, seu corpo passou a produzir uma descarga tão grande de adrenalina que em poucos dias ela acabou sofrendo um aborto espontâneo. No decorrer do próximo ano, foram mais cinco abortos, o casal já estava perdendo as esperanças de se tornarem pais. Foi quando ela decidiu fazer uso de métodos contraceptivos e abandonar por um tempo o desejo de ser mãe.

Alguns meses após o último aborto, a obra de sua casa já estava concluída. João Otávio decidiu fazer uma surpresa para a esposa. Os dois se aprontaram para trabalhar, mas, ao invés de ir para a empresa, ele dirigiu até a casa nova, desceu do carro, pegou Celeste no colo e com sua amada nos braços adentrou a tão desejada casa da piscina de azulejos.

Pouco antes de se mudarem, Benício começou a ficar muito doente, seu fígado e pulmão claramente manifestavam o estrago provocado pelos anos de alcoolismo e consumo de cigarro, então os três irmãos se reuniram para decidir o destino do pai. Estavam dispostos a colocá-lo em um asilo, pois nenhum deles tinha compaixão suficiente para cuidar de um homem doente que, ao viver embriagado, por diversas vezes ao longo da vida deixou sua debilitada esposa e seus filhos pequenos sem comida e sem um teto para se abrigar. Quando comunicaram sua decisão a Celeste, ela sentiu pena do sogro, pois ele sempre a tratou com muito carinho.

— João Otávio, Benício está arrasado, está chorando, a vida no asilo é muito triste, vamos levar ele para a casa nova — disse Celeste.

— Você só teve essa ideia porque não sabe o quanto ele foi ruim conosco, quando eu tinha 8 anos chegamos a passar a noite debaixo de uma lona enquanto ele bebia por aí. Fomos despejados e ele nem se importou com os filhos.

— E você não acha que está na hora de perdoar? Apesar de todos os percalços você e suas irmãs prosperaram, vamos dar a ele a chance de ter uma velhice confortável, afinal a casa é enorme.

— Tudo bem, Celeste, ele pode morar conosco, mas já aviso que não vou cuidar dele, você que cuide se quiser.

Celeste se aproximou de Benício, pediu para que ele parasse de chorar, segurou suas mãos trêmulas e sorrindo lhe fez o convite.

— Benício, você gostaria se mudar para a casa nova? João Otávio e eu queremos muito que o senhor vá junto.

— Oh, minha filha, você é mais minha filha do que aqueles três ingratos. Sei que a ideia foi sua, não quero acabar sozinho. Eu aceito viver com vocês.

E então os três se mudaram. Quando chegaram, a equipe de paisagismo já estava terminando de colocar a grama no pátio frontal. Celeste soltou Nina, que saiu correndo e latindo pela casa. A piscina ainda não estava totalmente pronta, faltavam alguns ajustes na engrenagem do motor que filtrava a água, mas dentro de poucos dias Celeste já estaria mergulhando em seu sonho de adolescente, pois na casa da primeira família onde morou quando veio do interior, havia uma bela piscina na qual nunca a deixaram entrar, ela ficava apenas observando as crianças da casa nadarem e brincarem dentro d'água, mas ao invés de se revoltar, prometeu a si mesma que um dia também teria sua própria piscina de azulejos.

Os anos foram se passando, Celeste se dividia entre a organização da casa e o cuidado com as finanças das empresas; João Otávio, aos finais de semana, plantava árvores frutíferas no terreno ao lado; Benício se distraía com seu baralho, jogava Paciência na tentativa de superar a vontade de beber, pois não havia um bar nas proximidades e seu filho jamais permitiu que comprassem bebidas para ele.

Como a casa era muito grande, Celeste não dava conta de limpar tudo sozinha, foi quando Nádia veio morar com eles. Ainda assim, duas vezes por semana a família contratava funcionários para fazerem a faxina pesada, pois Celeste não queria sobrecarregar a sobrinha, que estava ali em primeiro lugar para estudar. João Otávio decidiu levar Athos para casa, o cão de guarda que vivia em uma das empresas, ele era bobo e brincalhão e Nina acabou ganhando um companheiro para correr pelo pátio.

Àquela altura tudo ia bem, o casal já estava mais feliz e relaxado, suas vidas seguiam em harmonia e os negócios prosperavam. Eles decidiram que já era hora de voltar a pensar em filhos. Celeste já não estava mais tão traumatizada, e dois meses após abandonar seus métodos contraceptivos, Gabrielle já estava a caminho. Diferentemente da gestação de Benício Neto, Celeste não sentiu um mau pressentimento, ela estava tranquila apesar dos constantes enjoos, os exames e acompanhamento médico que realizava eram apenas para se certificar de que tudo ia bem. Ela fez todo o enxoval do bebê na cor amarela, pois embora acreditasse que seria uma menina, não havia como comprovar o sexo da criança.

João Otávio estava radiante, e Benício, muito feliz pelo filho, mas tinha certeza de que não chegaria a conhecer seu neto. Uma semana antes do nascimento de Gabrielle ele deu seu último suspiro enquanto tomava sol no quintal da casa. Os ciclos de morte e nascimento aconteceram quase que simultaneamente. Benício passou a maior parte de sua vida usando a bebida como fuga para suas frustrações, mas agora uma nova vida poderia dar um lugar de honra àquele pobre homem e a todos do sistema que, por quaisquer motivos, não tiveram a chance de se realizar.

Um dia após a cesárea, Celeste teve alta e o casal voltou para casa com sua pequena nos braços, tomados por uma alegria que mal cabia em seus corações. Embora mãe e filha precisassem de silêncio, não tiveram como evitar tantas visitas. Nora e Clarisse levaram roupinhas cor-de-rosa, os amigos de João Otávio compraram uma caixa de charutos para comemorar, Sônia e Luiz Fernando esperavam ansiosos para segurar a sobrinha, alguns dos irmãos de Celeste vieram do interior para conhecer a recém-nascida, e não paravam de chegar presentes enviados pelas esposas de outros engenheiros. Nádia pedia silêncio a todos, ela achava que toda aquela gritaria não faria bem ao bebê, mas estava muito feliz com a chegada de sua priminha e não se conteve, acabou cantando e dançando durante a comemoração, regada a champagne francês e sequência de camarões. Celeste aproveitou o momento para anunciar a todos que Gabrielle seria filha única, pois não pretendiam ter mais filhos, e que a partir daquele momento iria se dedicar exclusivamente à maternidade.

O que estava oculto ali é que Gabrielle era a filha caçula de um total de oito, ainda que ninguém tivesse dado o devido lugar de pertencimento àqueles que vieram antes. Portanto, ela não poderia ser considerada filha única, e sim a única sobrevivente dentro daquele sistema familiar.

Capítulo 11

A DISPUTA

No primeiro domingo após estarem morando no sítio, Nádia apareceu logo cedo para ver se a família estava bem. Ela era muito grata aos tios que lhe deram a chance de estudar, sentia saudades de Gabrielle e estava preocupada com a reação da prima àquela mudança. Ela sabia que nos últimos tempos Gabrielle só pensava em ter sua piscina de volta e enquanto estava no ônibus, que percorreu um trajeto de quase 30 quilômetros até passar pelo sítio, ficou pensando em como estaria a cabecinha de uma menina que nasceu cercada de tanta riqueza e que agora teria de morar em uma casa em ruínas e estudar em uma escola cujo ensino era precário. Quando desembarcou do ônibus, ela enxergou Gabrielle correndo até o portão e as duas se abraçaram.

— Como você está, Gabrielle? E a Celeste, mais conformada?

— A mãe está estranha, quase não fala com ninguém. Sabia que tem um cavalo aqui? O tio Luiz disse que vai me deixar andar nele e hoje cedo a tia Sônia me deixou alimentar as galinhas.

Quando entrou no casebre, Nádia sentiu o forte odor que vinha do chiqueiro dos porcos. Celeste e João Otávio não estavam ali, foram carregar água do poço para que pudessem tomar banho e fazer comida. Nádia viu que as caixas não tinham sido abertas, somente a louça da cozinha estava sobre a mesa. Com a ajuda de Gabrielle, ela rapidamente começou a colocar as coisas no lugar, quando escutou um forte som de buzina que vinha do portão. Era Clarisse, com seu velho hábito de aparecer de repente. "Eu não acredito, o que essa mulher está fazendo aqui?", pensou. Quando Clarisse entrou no casebre, Nádia estava de costas e não se virou para cumprimentá-la, apenas continuou o que estava fazendo. Gabrielle deu um beijo na tia e foi correndo avisar seus pais.

— Nádia, mas o que você está fazendo aqui? — disse Clarisse.

— Estou ajudando a família que você jogou no olho da rua.

— Sua ingrata, não me responda dessa forma, eu tenho muita pena do meu irmão.

— Me faça um favor, Clarisse, não fale comigo!

Quando Celeste e João Otávio voltaram com Gabrielle, encontraram as duas se digladiando, não era a primeira vez que seus fortes gênios entravam em combate. Celeste, que já estava a um passo do descontrole emocional, atirou um dos baldes d'água no chão e começou a gritar. João Otávio, ao invés de acalmar a esposa, foi abraçar Clarisse, e Nádia, ao ver que Gabrielle estava assustada, imediatamente pegou a prima pela mão e a levou para fora.

— Gabrielle, me faça um favor, vá ali na tia Sônia e pergunte se ela precisa de ajuda com o almoço e fique um pouco por lá, peça ao tio Luiz para lhe mostrar o cavalo.

Gabrielle correu para a casa da tia, Nádia voltou para dentro, João Otávio e Clarisse, ainda abraçados, lançaram sobre ela um olhar de reprovação. Sem dar a mínima importância para os dois, ela abraçou Celeste, ainda descontrolada, e a levou para tomar ar fresco na rua.

— Celeste, aonde você vai? Acabei de chegar e você nem me deu bom dia — retrucou Clarisse.

Celeste nem escutou a voz da cunhada, estava tão desconectada de tudo e de todos que apenas deixou que Nádia a conduzisse.

A postura de João Otávio claramente evidenciava o quanto ele ainda estava preso à família de origem, naquele momento, era sua esposa quem precisava de um abraço. Como ele pôde ficar indiferente ao sofrimento da mulher que se manteve ao lado dele na riqueza e na pobreza? Atitudes como a de João Otávio são mais comuns do que se pode imaginar, quando alguém constitui família sem resolver suas questões com pais ou irmãos, não consegue estar totalmente disponível para a vida, o que acaba desequilibrando todo o sistema.

E ele tinha muitas questões pendentes com os pais, o fato de perder a mãe tão cedo lhe gerou um sentimento de abandono, em seu subconsciente, a morte de Evelyn representava a perda do posto de príncipe, paradoxalmente, ocupar o lugar errado dentro da família era um fardo, no fundo sentia raiva do pai, não queria ter sido alvo de tantas expectativas, queria que Benício tivesse se relacionado com ele, e não com uma projeção. É como se sua criança interior gritasse dentro dele e implorasse para ocupar o lugar que lhe cabia no sistema de origem, pois, ainda que de modo inconsciente, ele sabia o quanto suas irmãs, especialmente Clarisse, sentiram-se abandonadas com aquela desordem.

Quando Sônia ficou sabendo da confusão, convidou todos para almoçar em sua casa. Ela e o marido não gostavam de Clarisse, que sempre fez pouco caso dos parentes de Celeste, mas decidiu que o almoço de domingo era uma ótima oportunidade para alfinetar a cunhada da irmã. Depois que todos almoçaram, Sônia deu um jeito de ficar a sós com Clarisse.

— Pois é, Clarisse, imagino como você deve estar se sentindo mal, não sei como teve coragem de vir até aqui depois do que você fez. Se não fosse por mim, seu irmão estaria na rua.

— Não fale assim comigo, eu ajudei o meu irmão, mas minha filha precisava da casa, você não faria o mesmo? Parem de me julgar! Agora você acha que é igual a mim porque também lhes deu um teto!

— Não quero que você venha mais aqui.

— Você não pode me proibir de ver a família do meu irmão, eu vou continuar vindo, sim.

As duas resolveram colocar Celeste no meio do fogo cruzado, cada uma com seus argumentos insistiam para que ela tomasse partido em favor de uma ou de outra. Celeste começou a ficar nervosa, já não bastava aquela situação de miséria, ainda teria de comprar uma briga que não era sua. Ela tentou colocar panos quentes na discussão, o que foi ainda pior. E foi a partir daquele momento que Sônia e Clarisse travaram uma grande batalha, as duas passaram a competir pelo posto de mulher mais caridosa. Elas não se suportavam, mas tinham algo em comum: as feridas emocionais geradas na infância. Sônia carregava a ferida da rejeição por conta do nascimento de Celeste, e Clarisse, a do abandono desde que Evelyn deu à luz João Otávio.

Capítulo 12

O GATILHO EMOCIONAL

Quando Sônia acolheu a família da irmã no sítio, ela realmente gostou da ideia de ter companhia, mas o que mais lhe trouxe satisfação foi o fato de acreditar que, pela primeira vez na vida, estaria em posição de superioridade em relação à Celeste.

Sônia tinha pouco mais de um ano de idade quando Celeste nasceu e, mesmo sendo tão pequena, seu inconsciente registrou a vinda da irmãzinha como uma rejeição por parte da mãe, que inevitavelmente teve de dar mais atenção à recém-nascida. Quando criança, Sônia fazia diversas intrigas contra a irmã, colocava os pais e irmãos contra ela e por conta desse comportamento Celeste cresceu apanhando sem nem saber o motivo. Era uma forma de punir a irmã por ter roubado o amor de sua mãe. Quando Celeste foi morar na capital, Sônia estava com 12 anos e continuou no interior, não tinha o mesmo desejo de estudar e mudar de vida, trabalhava na lavoura com a família e estudou somente até o quarto ano primário.

Quando Celeste completou 15 anos, foi passar as férias escolares na casa dos pais, naquele tempo ela já estava morando com a família que a tratava como filha, estudava, tinha boas roupas e modos de uma moça da capital que frequentava restaurantes e espaços culturais de alto nível. Quando se reencontraram, Sônia, com suas mãos calejadas, cabelo e pele maltratados, foi imediatamente tomada por uma inveja avassaladora, sentiu ódio da irmã, não achava justo que a menina que roubou o amor de sua mãe pudesse estar tão bem. Celeste chegou com muitos presentes para os irmãos, e todos ficaram ao redor dela para escutar as histórias de um mundo completamente diferente daquele que conheciam. Sônia não quis ficar por perto e chamou a mãe num canto para lançar suas intrigas.

— Mãe, você acredita que a Celeste está ganhando alguma coisa de graça? Olhe para ela, quanta arrogância, agora se acha melhor do que nós. Deve estar se prostituindo, não permita que ela volte para a capital, o lugar dela é aqui.

Celeste não estava sendo arrogante, tampouco se prostituindo. Sua mãe sequer deu ouvidos àquele veneno e acreditava que Sônia também deveria ir em busca de oportunidades longe dali.

Passadas as férias, Celeste retornou a Porto Alegre e um ano depois Sônia também se mudou para lá, foi trabalhar como empregada doméstica em uma casa de família e optou por não dar continuidade aos estudos. Como estavam morando perto uma da outra, não era raro que se encontrassem, mas ainda existia um abismo entre suas vidas. Sônia não desfrutava de privilégios na casa onde morava, era tratada como serviçal e jamais pôde fazer parte da vida social de seus patrões, quando recebia alguma folga, saía sozinha e acabava se sentando em um banco de praça para olhar o movimento da rua. Celeste, embora ajudasse muito nas tarefas da casa onde vivia, frequentava o clube com a família, que fez questão de registrar sua tutela em cartório, dando-lhe também o direito de usufruir de sua assistência médica.

O ciúme de Sônia não era declarado, quando se viam, ela não deixava transparecer a profunda rivalidade que alimentava em relação à irmã, mas sempre que voltava à casa dos pais, inventava as maiores mentiras em relação à vida de Celeste.

Quando se tornaram adultas, Celeste teve alguns pretendentes antes de conhecer João Otávio. Como era muito bonita, despertava o olhar dos homens por onde quer que passasse, e Sônia, que nunca teve o desejo de cuidar da aparência e não fazia a menor questão de ser agradável, dificilmente era cortejada. Ela se casou com seu primeiro e único namorado, Luiz Fernando, que era zelador em um prédio próximo de onde morava. Os dois viveram ali por muitos anos, até que Sônia adquiriu o sítio e ele conseguiu o emprego no banco.

Por um bom tempo as dores de Sônia permaneceram dormentes, mas conhecer a casa da piscina de azulejos foi o gatilho emocional responsável por seu comportamento. Quando visitava a irmã, não perdia uma oportunidade de colocar defeitos em tudo, dizia que a casa não era tão bonita e que a piscina mais parecia um tanque jogado no meio do pátio. Celeste não dava a mínima importância àqueles comentários maldosos, sabia que sua casa era uma referência arquitetônica e que qualquer opinião ao contrário não passava de dor de cotovelo.

Capítulo 13

O DESPERTAR DE UMA GUERRA

Sem o dinheiro das costuras, Celeste ocupava seus dias em busca de comida para a família. Com uma velha bicicleta que estava no casebre, ela ia até as granjas e produtores de hortaliças para recolher os alimentos que não estavam em condições de serem comercializados, pois João Otávio quase não levava dinheiro para casa, com o pouco que ganhava podia apenas pagar os três funcionários da metalúrgica, comprar seus cigarros, e manter o Fusca em condições de viajar diariamente. Até a luz que utilizavam vinha da casa de Sônia, que vez ou outra os ajudava com as sobras dos porcos que matava para vender.

Gabrielle ia a pé para o colégio na companhia de duas meninas que moravam em outro sítio, ela não ia bem nos estudos, alimentava-se mal, estava infeliz e constantemente era alvo das perseguições de colegas que a apelidaram de "a mentirosa da piscina", pois ingenuamente ela contou a todos sobre seu passado de riqueza. Certo dia, um grupo de alunos mexeu em sua mochila, quando Gabrielle percebeu que haviam pego sua caixinha de pH, partiu para cima de uma menina na intenção de recuperá-la, mas apanhou tanto que uma professora foi até o sítio para chamar sua mãe. Indignada, Celeste quase botou abaixo a porta da sala onde a diretora ficava, cobrou providências e estava disposta a registrar um boletim de ocorrência contra os agressores. A diretora se surpreendeu ao ver uma mãe tão brava em defesa da filha, pois aquela escola era uma terra de ninguém, brigas violentas eram banais naquele ambiente, e a diretora apenas aconselhou Celeste a ensinar Gabrielle a se defender, pois confrontar seus colegas marginais seria ainda pior para a menina.

Gabrielle passou uma semana sem ir ao colégio, estava machucada, mas nada lhe doía mais do que perder seu tesouro, agora ela não tinha mais o que segurar nas mãos enquanto lembrava de sua piscina. Quando soube do que fizeram com ela, Luiz Fernando foi até o casebre e a pegou no colo. Enquanto consolava a sobrinha, chorou ao lembrar do sorriso do pequeno Davi e da alegria que o menino sentia quando estava na companhia da prima. Naquele momento Sônia apareceu, embora gostasse da sobrinha, quando viu aquela cena seu ciúme falou mais alto, sentia raiva por não ter conseguido dar outro filho ao marido e não queria que ele fosse tão apegado a Gabrielle. Quando Luiz Fernando voltou para casa, ela não se conteve e acabou descontando suas frustrações na menina.

— Ah, Gabrielle, quanto drama, você está sendo mimada como sua mãe. Para que você queria guardar aquela porcaria? Afinal vocês já não têm mais uma piscina, e pelo visto nunca mais vão ter.

Celeste não viu que a irmã estava ali, naquele momento alimentava os cães nos fundos do casebre, mas João Otávio, que estava numa espécie de cozinha improvisada, escutou cada palavra maldosa. Furioso, foi até a sala, soltou uma baforada de cigarro no rosto de Sônia e ordenou que ela saísse imediatamente.

— Como você se atreve? Essa casa é minha e já está na hora de Gabrielle encarar os fatos.

— Saia daqui! — ele gritou.

Ela se calou e saiu. João Otávio contou à esposa o que havia acontecido, mas ao invés de se unirem, ambos começaram a falar mal de suas respectivas cunhadas, Celeste lhe contou que Clarisse também humilhava Gabrielle. Apesar de os dois não concordarem em nada, ainda assim chegaram a um consenso: tinham de ir embora dali o mais rápido possível.

Tomada de ódio, Sônia abertamente declarou guerra contra a família da irmã, as intrigas foram tantas, que Luiz Fernando começou a tratar Gabrielle com indiferença. Ela entrava no casebre a qualquer momento e furtava os objetos pessoais de Celeste. No fundo não via mal algum em roubar a irmã, acreditava que estava apenas cobrando o lhe era de direito.

Numa segunda-feira, Sônia reparou que o Fusca estava em frente ao casebre, achou estranho ver que o cunhado não saiu para trabalhar e foi até lá para bisbilhotar, mas encontrou a família já de saída.

— Aonde vocês vão?

João Otávio sentiu vontade de responder "Não interessa", mas ficou em silêncio e deixou que sua esposa inventasse uma boa desculpa.

Celeste não quis dizer a verdade e improvisou uma mentira para satisfazer a curiosidade da irmã.

— Estamos indo ao médico, Gabrielle amanheceu febril.

Sônia se irritou ao achar que o casal estava mimando a filha.

— Mas que bobagem, e João Otávio deixou de trabalhar só por isso? Faça um chá para ela que resolve.

Os três entraram no Fusca e saíram sem alimentar as provocações de Sônia, que ficou ali plantada em frente ao casebre enquanto ruminava a raiva que estava sentindo da sobrinha. Ela aproveitou para vasculhar as coisas de Celeste e encontrou dez cruzeiros escondidos em uma gaveta, era o pouco que João Otávio conseguiu dar à esposa naquela semana. Sem hesitar, Sônia colocou o dinheiro no bolso e voltou para casa.

Como João Otávio estava sempre buscando alternativas para melhorar de vida, ele foi até o centro para discutir com um empresário a respeito de uma possível sociedade e aproveitou para levar a família para passear. Eles tiveram um dia muito agradável, andaram pela cidade, entraram em lojas de discos e, antes de retornarem, compraram um sorvete para Gabrielle. Naquela noite, Celeste foi guardar algumas roupas que recolheu do varal e reparou que seu dinheiro havia sumido. Imediatamente chamou Gabrielle.

— Minha filha, você pegou o dinheiro que estava na gaveta?

— Não, mãe, não peguei nada.

— Não minta, Gabrielle, tinha dez cruzeiros aqui, só pode ter sido você.

— Eu juro que não, eu nem sabia desse dinheiro.

— Se não foi você, quem foi então?

— Eu não peguei nada! Eu não peguei nada! — Gabrielle começou a chorar enquanto gritava.

João Otávio, ao escutar os berros da filha, aproximou-se e começou a acusá-la:

— Gabrielle, roubar é muito feio. Devolva o dinheiro agora.

Pobre menina, seus pais não acreditavam nela, estavam cometendo uma grande injustiça. Profundamente magoada, ela foi até os fundos do casebre para procurar conforto na companhia de seus cães que, ao vê-la chorando, carinhosamente lhe lamberam as lágrimas.

No dia seguinte, Celeste ingenuamente comentou com Sônia que estava preocupada com o comportamento da filha, achava que Gabrielle estava roubando. Sônia aconselhou a irmã a dar uma surra na menina.

João Otávio e Celeste jamais haviam dado um beliscão em Gabrielle, não suportavam qualquer tipo de violência, eles acreditavam que castigos como não sair para brincar ou não ver televisão eram formas mais eficientes de educar a filha.

— Não, Sônia, nós não temos o costume de bater em Gabrielle — disse Celeste.

— Por isso que essa menina está desse jeito, se ela roubar alguma coisa na minha casa se preparem, não vou deixar barato.

Sônia não tinha tanto ódio de Gabrielle como demonstrava, a história estava apenas se repetindo, uma vez que suas tias a usavam para descontar as mágoas que nutriam por seus pais.

Na intenção de preservar Gabrielle, Celeste a proibiu de entrar na casa da tia, temia que Sônia acabasse batendo em sua filha.

Capítulo 14

UM SOPRO DE ESPERANÇA

João Otávio estava convicto de que deveria recuperar a dignidade de sua família, não apenas porque a vida no sítio era muito difícil para os três, mas porque Sônia não lhes dava um minuto de sossego. Ele decidiu vender a metalúrgica para comprar uma casa, morando novamente no centro, Celeste conseguiria trabalhar e Gabrielle voltaria a estudar em uma escola decente. Clarisse pagou os anúncios da venda em jornais de três estados do país, disponibilizando seu número de telefone para contato, e dentro de 20 dias um potencial interessado apareceu com uma proposta.

Quando chegou em casa, João Otávio estava animado, falou para a esposa e filha fazerem as malas, pois em breve teriam sua casa.

— Deu certo, Celeste, um empresário de São Paulo quer fechar negócio, vamos sair desse inferno.

— Graças a Deus! Minhas orações foram atendidas. Nós não merecíamos essa vida.

Gabrielle ficou tão feliz com a notícia, que já estava indo para a rua gritar aos quatro ventos que iriam se mudar. Celeste conteve a filha e a fez jurar que não iria contar a ninguém, o segredo naquele momento era fundamental para que tudo desse certo.

— Pai, podemos comprar nossa casa de volta?

— Não, Gabrielle, aquela casa já deve estar velha, vamos comprar uma melhor.

Ele sabia que com aquele valor não era possível comprar uma casa luxuosa, mas não quis frustrar as expectativas da filha.

No decorrer da próxima semana, todos estavam esperançosos. Sônia não entendia o motivo de tanta animação, nem desconfiava que eles estavam cheios de estratégias para se mudar. Ela não queria que a irmã fosse embora, estava feliz, acreditava que Celeste estava recebendo o merecido castigo. Por ela, a família teria ficado ali para sempre.

Dez dias depois do primeiro contato, João Otávio recebeu o empresário no pavilhão alugado onde ficava a metalúrgica, mostrou as máquinas, falaram a respeito das formalidades contratuais, acertaram o valor e, finalmente, fecharam negócio. Ele recebeu um pequeno adiantamento que usou para encerrar o contrato de trabalho dos funcionários, e levou a esposa e a filha para almoçarem em um bom restaurante. Era a primeira vez em anos que eles podiam fazer uma refeição decente. Na semana seguinte, o empresário deu início à retirada das máquinas para seguir viagem até São Paulo e dentro de sete dias João Otávio receberia o valor total da venda.

Esgotado o prazo para receber seu pagamento, João Otávio foi até o centro para sacar o dinheiro. A família já havia escolhido sua futura casa, bastava apenas fechar o negócio, fazer a mudança e dar início a uma nova vida. Ao chegar no caixa do banco, o atendente lhe informou que não existia depósito em seu nome. João Otávio, certo de que havia ocorrido algum engano, insistiu para que o funcionário revisasse aquela informação. Mas não se tratava de um engano, o dinheiro de fato não fora enviado. Ele saiu correndo em busca de uma central telefônica, ligou diversas vezes para São Paulo, mas ninguém o atendeu. Desesperado, e já pensando no pior, ele fumou tanto que sua cabeça estava prestes a explodir. Após horas de angústia, ele foi até o trabalho de Clarisse, pensou que a irmã poderia ter alguma informação a respeito daquele empresário, afinal, o contato havia sido feito pelo telefone dela. Mas Clarisse não sabia de nada. Ela procurou acalmar o irmão, e juntos fizeram mais algumas tentativas de contato com São Paulo, mas o comprador de suas máquinas simplesmente havia desaparecido.

Ele mandou uma carta para o endereço que aquele empresário havia lhe passado, mas quando a recebeu de volta, com o carimbo dos Correios que constava "endereço inexistente", ele finalmente conseguiu encarar os fatos: fora vítima de um golpe. Durante duas semanas Clarisse tentou ajudá-lo com seus contatos na área jurídica, mas o golpe fora tão bem executado, que não havia o que ser feito. Eles perderam tudo.

O casal estava desesperado, João Otávio só falava em morrer e Celeste ainda estava incrédula, não entendia por que Deus a estava punindo daquela forma. Como sua vida pôde ficar daquele jeito? Ela perdera todas as esperanças e só conseguia enxergar um responsável por toda aquela miséria: seu marido.

Faltavam alguns dias para o aniversário de 10 anos de Gabrielle, Clarisse aproveitou o final de semana para levar algumas roupas velhas para a sobrinha e para oferecer ajuda ao irmão, ela estava decidida a tirá-los daquele lugar. Quando entrou no casebre, Sônia, que estava lá, ficara sabendo que o cunhado perdeu sua última empresa e se sentiu traída ao ver que eles haviam planejado a mudança em silêncio. Os ânimos estavam alterados, Sônia não era capaz de demonstrar o mínimo de compaixão pela irmã e, confiante de que eles nunca mais teriam condições de sair dali, decidiu afrontar Clarisse.

— Pois é, Clarisse, veja como é a vida, esses dois sempre foram arrogantes, bem-feito que perderam tudo, sabe-se lá até quando vão comer na minha mão.

— Não fique tão contente, Sônia, eles vão sair daqui, sim. Eu tenho um apartamento no centro, acabou de ser desocupado, e é lá que a família do meu irmão vai morar.

— Pois quando você os jogar na rua novamente não poderão mais voltar.

Clarisse não estava blefando, ao ajudar João Otávio, ainda que de modo inconsciente, ela estava de certa forma reparando a lei de hierarquia ferida em seu sistema de origem. Embora sua motivação estivesse muito mais vinculada à competição que havia se estabelecido entre as duas, o que ela realmente queria era retomar o poder sobre a família do irmão, além de se livrar da desagradável presença de Sônia.

Aceitar a ajuda de Clarisse não era a melhor saída, Celeste sabia o preço que teria de pagar ao depender novamente da cunhada, mas àquela altura, ir embora daquele lugar era um sopro de esperança sobre suas vidas.

Em menos de 15 dias os três estavam de malas prontas, Nora também os ajudou e pagou a transportadora para levar os pertences da família, que só tinha móveis e eletrodomésticos deteriorados, pois tudo que possuíam de valor, como obras de arte e joias, já havia sido vendido para pagar despesas.

Onze meses, 13 dias e 18 horas, esse foi o tempo que Celeste contou nos dedos até ver o caminhão de mudança sair do sítio. Ela se despediu da irmã, deu-lhe um abraço e agradeceu por tudo. Sônia ficou ali parada, vendo o Fusca ir embora até perdê-lo de vista. Ela se sentou debaixo de uma árvore e chorou, chorou de verdade, estava sozinha novamente, jogou fora a chance de se harmonizar com a irmã, passara a vida alimentando um rancor que só causou sofrimento a todos, inclusive a ela. Mas como Bert Hellinger já dizia, "Sofrer é mais fácil do que mudar".

Capítulo 15

O ÓDIO DO MASCULINO

A família fez a mudança, Gabrielle não estava feliz, mas gostou da novidade de morar num apartamento e de sair para passear na rua com seus cães presos à guia. O imóvel, apesar de bem localizado, era antigo, não possuía elevador nem garagem e somente em alguns meses do ano era possível ver um raio de sol entrar pela janela da sala. Clarisse acompanhou tudo de perto e exigiu que a cunhada não trouxesse Nádia para morar com eles. O que ela não sabia é que Celeste já havia convidado a sobrinha, que prontamente voltou a viver com eles.

Gabrielle adorou estar na companhia da prima novamente, apesar de não se verem muito, pois Nádia passava a maior parte do tempo fora, mas as duas dividiam o mesmo quarto e podiam conversar até pegarem no sono.

João Otávio conseguiu um terreno emprestado para montar uma pequena oficina, o local ficava próximo de sua antiga empresa e, com as ferramentas que lhe restaram, ele podia oferecer diversos serviços de funilaria, além de fazer alguns bicos como eletricista e hidráulico. Nunca lhe passou pela cabeça voltar a atuar como engenheiro, seus problemas judiciais eram tantos que ele não teve outra saída além de se afastar de sua área de formação. Ele tinha muita vergonha, há mais de três anos seus antigos colegas e amigos não tinham notícias dele, Celeste chegou a propor que ele pedisse emprego para algum engenheiro conhecido, mas ele ficou furioso com a ideia da esposa, não estava disposto a se humilhar, todos os golpes que a vida lhe deu não foram suficientes para acabar com seu orgulho. Por fidelidade cega a Benício, passou a viver de atividades informais sem a perspectiva de ter sua casa própria.

Dentro de seis meses, Celeste já havia recuperado muitas de suas clientes, ela trabalhava de 12 a 15 horas por dia em sua velha máquina de costura, Nádia ajudava com algumas despesas e João Otávio, quando conseguia, levava algum dinheiro para casa.

Clarisse não dava sossego à cunhada, morando perto novamente, ela estava sempre ali dando sua opinião, se metia nas costuras, cobrava uma melhora de vida do irmão e começou a interferir na educação de Gabrielle. Celeste já estava conformada com aquela vida, João Otávio parecia não se importar com mais nada e Gabrielle, que já estava entrando na pré-adolescência, começou a se revoltar, não gostava que a tia lhe desse conselhos sem nem saber o que se passava em seu íntimo, ela repetia que a sobrinha tinha de ser obediente, quando na verdade a única coisa que Gabrielle estava fazendo era obedecer. Clarisse só freava seus desmandos quando Nádia estava por perto, as duas nunca mais voltaram a discutir, a moça desfrutava de tanta autoconfiança que poucas pessoas se sentiam autorizadas a enfrentá-la, nem mesmo João Otávio, com toda a sua arrogância, era capaz de exercer qualquer autoridade sobre a sobrinha.

Nádia foi um anjo da guarda na vida de Gabrielle, quando entrou na adolescência, seus pais passaram a ter um comportamento superprotetor, não deixavam que a menina saísse a não ser para ir ao colégio e colocavam defeitos em qualquer amiguinha que estivesse com ela, mas aos finais de semana, Nádia levava a prima ao cinema, passeavam pelo centro e por diversas vezes ela presentou Gabrielle com roupas novas. João Otávio se sentia incomodado quando as duas saíam, fazia chantagens emocionais com a filha na intenção de que ela desistisse de passear, mas bastava um olhar firme de Nádia para que ele as deixasse em paz. Celeste não era tão radical, embora controlasse a filha, sentia muita confiança em Nádia, sabia o quanto ela era responsável e capaz de proteger Gabrielle.

Apesar de estarem sufocando a filha, o comportamento do casal era de certa forma compreensível, já tinham perdido um filho e seis gestações e, após sua ruína financeira, Gabrielle era só o que lhes havia restado. Com o passar do tempo, ela começou a se sentir invisível diante dos pais, que não a deixavam ir nem nos passeios escolares. Para piorar a situação, o casal estabeleceu entre si uma competição, Celeste culpava o marido por todos os seus infortúnios, e João Otávio vivia com seu orgulho ferido, uma vez que a esposa sustentava a casa praticamente sozinha. E à Gabrielle restou apenas uma função: ocupar o lugar de bode expiatório.

Quando ela estava com 12 anos, uma colega de classe a convidou para seu aniversário, era uma reunião dançante da qual todos da turma iriam participar. Ela foi até seu pai e pediu a ele que a deixasse sair:

— Pai, posso ir ao aniversário da minha colega?

João Otávio, que estava fumando e lendo o jornal velho que Clarisse lhe dava, nem olhou para a filha, apenas negou seu pedido.

— Não pode!

— Mas por quê?

— Por que não.

— Mas por que não posso ir? O que foi que eu fiz?

— Não pode ir e pronto, se você não tem nada para fazer vá ajudar sua mãe.

Gabrielle foi chorar em seu quarto, Celeste foi até ela e lhe disse para nunca mais pedir nada ao pai. Totalmente inconsciente do que estava fazendo, acabou excluindo o marido do sistema familiar.

— Gabrielle, quando você quiser alguma coisa, peça a mim, não peça a seu pai. Se você tivesse falado comigo antes eu teria feito ele deixar você sair, agora vai ficar em casa porque não confiou em mim.

Pobre menina, que mal havia em pedir ao pai para sair? Ela não estava passando por cima da autoridade da mãe, queria apenas se divertir com seus colegas e achou que não fazia diferença alguma pedir a qualquer um dos dois.

Como a família acabou se isolando, Celeste não tinha amigas para desabafar suas dores, não sobrava dinheiro para fazer terapia e quando se dispunha a conversar com o marido, dificilmente conseguia se sentir melhor. Ela vivia deprimida, quando contava seus dissabores a Clarisse era imediatamente interrompida pela cunhada, que gostava de ajudar à própria maneira, deixando muito claro que não estava disposta a escutar problemas.

Sem conseguir controlar a raiva que sentia de João Otávio, Celeste começou a desabafar suas frustrações com a filha. Todos os dias Gabrielle tinha de escutar as queixas da mãe. E mesmo mantendo-se com o marido, começou a fazer o que hoje se entende por "alienação parental". Ela dizia que João Otávio era irresponsável, que jogou todo o patrimônio deles no lixo, que suas vidas eram um inferno por culpa dele e que Gabrielle deveria responsabilizá-lo por não terem mais sua piscina. Ela chegava ao ponto de dizer que havia criado a filha sozinha.

Um filho jamais deveria ter acesso aos problemas de casal dos pais, a criança inevitavelmente acaba tomando partido em favor de um ou de outro e sua alma se torna fragmentada na dor de não poder amá-los na mesma medida.

Gabrielle começou a odiar o pai, ao passo que sentia muita pena da mãe, e como se já não bastassem todos os problemas, João Otávio e a filha passaram a brigar quase que diariamente. Celeste, que em nenhum momento fora capaz de admitir sua responsabilidade, acabou ganhando mais um motivo para se queixar, assumindo cada vez mais seu papel de vítima perante a família. A ela se aplicavam muito bem as palavras de Hellinger: "O vitimismo é a mais refinada forma de vingança".

Uma vez que Gabrielle se tornou aliada da mãe, quando ambas se uniram a fim de recriminar João Otávio, ocorreu uma violação na ordem do sistema, mas em função do grande amor que sentia pelo pai, inconscientemente ela se manteve leal a ele e passou a reproduzir os comportamentos que Celeste mais odiava no marido. Era uma forma de não aceitar que sua mãe o excluísse.

Gabrielle se tornou uma jovem arrogante e irresponsável, perdia as chaves de casa, vivia brigando no colégio, tinha as piores companhias que podia escolher e desaparecia por horas sem dar satisfações. Aquela doce menina, que fazia o beiral da piscina de palco para cantar suas músicas favoritas, havia se transformado em uma adolescente amarga e repulsiva. Com apenas 13 anos de idade, Gabrielle fumava tanto quanto seu pai e bebia tal qual seu avô. O cigarro era a clara expressão de fidelidade ao pai, mas o álcool, nesse caso, não se tratava de dar lugar ao avô, mas de se alienar frente à violação das leis sistêmicas em sua família.

Quando Celeste criticava João Otávio, estava negando também os 50% dele que havia em Gabrielle, pois todo e qualquer ser humano é metade pai e metade mãe. E com o mau comportamento da filha, Celeste repetia quase que diariamente:

— Essa menina é igualzinha a João Otávio.

Sob o ponto de vista dela, o marido era um fracassado, logo, a filha, ao se tornar igual a ele, também era uma fracassada. Gabrielle era muito infeliz, sem nem se dar por conta, seu coração guardava muita mágoa da mãe, que não lhe dera permissão para acessar o amor do pai. A jovem estava diante de um típico caso de amor interrompido. Como passou a ver sua mãe como vítima, nunca a confrontou abertamente, embora sua alma tivesse a ânsia de gritar e pedir para que ela não a impedisse de amá-los por igual. Gabrielle só manifestava a raiva que sentia de Celeste quando estava na presença de Nádia, é como se sua prima fosse uma âncora que lhe desse segurança para pedir socorro. Ela sentia que Nádia era a única pessoa capaz de enxergá-la dentro daquele sistema.

Celeste começou a se irritar com aquela situação e estava certa de que Nádia não havia se tornado uma boa influência para sua filha. "Gabrielle agora me responde atravessado quando está junto de Nádia, era só o que me faltava", pensava ela.

Quando Gabrielle completou 14 anos, Nádia já estava formada e comprou um apartamento. Após se mudar, ela frequentemente convidava a prima para passar uns dias em sua nova casa, o que se tornava um alívio para a jovem, que agora estava completamente sozinha dentro daquele ambiente desequilibrado.

Certo dia, a família estava em casa quando Nádia foi visitá-los, tudo estava aparentemente em paz, até que o interfone tocou. Era Clarisse. Gabrielle teve um ataque de nervos e começou a gritar:

— Eu não aguento mais! Eu não aguento mais!

Nádia percebeu na hora que a prima não queria ficar perto de Clarisse, afinal, ela também nunca a suportou. Ela então decidiu voltar para casa e levar Gabrielle junto, que prontamente aceitou o convite. Quando foi até seu quarto para pegar algumas roupas, Celeste foi atrás da filha com seu comportamento vitimista e olhar de piedade.

— Gabrielle, não vá, fique aqui e me ajude a aturar sua tia.

Ela sentiu muita raiva, como sua mãe tivera coragem de lhe fazer um pedido daqueles? Como seus pais podiam sobrecarregá-la com seus problemas de adultos? Gabrielle não os colocou naquela situação de dependência, não tinha nem mesmo o direito de desfrutar de sua adolescência, pois era constantemente manipulada e usada para tapar as feridas de seu sistema familiar.

Quando Clarisse subiu até o apartamento, Nádia já estava de saída com a prima.

— Gabrielle, você vai sair? — perguntou Clarisse.

Antes que a menina se descontrolasse novamente, Nádia a puxou pelo braço e juntas foram em direção às escadas do prédio. Clarisse não gostou de ter sido ignorada e começou a encher a cabeça da cunhada contra Nádia.

— Eu avisei, essa moça é muito malcriada, não é bom que ela fique perto da minha sobrinha.

Capítulo 16

A MORTE DO FEMININO

Embora Gabrielle tivesse se tornado uma mulher tão linda quanto Celeste, sua beleza se escondia atrás das dores que carregava em seu peito. Rejeitava os 50% da mãe que havia nela, não apenas por vê-la excluir seu pai, mas porque ainda acreditava que ele não a amava por não se parecer com suas primas loiras. Seu feminino estava completamente ferido. Estava sangrando.

Mesmo carregando um sentimento de menos valia, a jovem despertava olhares masculinos por onde quer que passasse. Sentindo-se feia, pobre e infeliz, seu ego só se inflava quando os garotos lhe lançavam olhares de desejo. Embora estivesse sempre amargurada, ela sabia usar de gentileza e docilidade para fisgá-los, seu propósito não era ter um namorado para juntos descobrirem a beleza do amor, e, sim, poder descartá-los quando estava certa de que os havia conquistado. Ela não era uma pessoa má, e no fundo desejava amar e ser amada, mas a relação com o pai a impedia de olhar para o sexo masculino com empatia.

Mas um dia Gabrielle se apaixonou. Maurício era um rapaz de sua escola que já havia concluído os estudos, mas mesmo após ingressar na faculdade, volta e meia aparecia para rever seus colegas. Os dois se tornaram muito próximos, conversavam sobre tudo e depois da aula o rapaz diariamente a acompanhava até sua casa. Gabrielle realmente acreditou que estava namorando, mas não contou nada aos pais, e inventava muitas desculpas para poder passar suas tardes na casa de Maurício. Certo dia, ela resolveu ir até a faculdade onde o rapaz estudava para lhe fazer uma surpresa, estava animada, colocou um vestido novo que ganhou de Nádia, tomou o ônibus e chegou ao Campus no horário do intervalo. Ela começou a caminhar por entre os estudantes para encontrar seu amado, quando de repente enxergou Maurício, e naquele momento seu conto de fadas desabou. O rapaz estava aos beijos e abraços com uma moça, mas não era qualquer moça, era uma bela jovem de olhos claros e longos cabelos loiros.

Em frações de segundo, Gabrielle reviveu o dia em que seu pai fora tomar sorvete na praia com suas primas. Ela saiu correndo dali, não queria que a vissem, estava profundamente envergonhada. "Como pude ter sido tão ingênua? Como pude acreditar que um rapaz bonito e bem de vida pudesse ter se interessado por mim?", pensou ela. Sua crença de que o pai não a amava por conta de sua aparência era tão forte, que mesmo magoada, acreditou que Maurício estava certo e que ele tinha o direito de estar com alguém que realmente era digna de ser amada.

Enquanto voltava para casa, ela sentiu uma forte dor na região do estômago, os cordões invisíveis que havia criado com ele doíam-lhe fisicamente. E foi a partir daquele momento que seu coração se embruteceu ainda mais, ela vestiu uma carapaça de proteção tão grande, que passou a viver apartada de seus sentimentos e tornou-se extremamente reativa com todo e qualquer rapaz que se aproximasse dela.

Quando percebeu que já estava às voltas com namorados, Celeste quis se aproximar de Gabrielle. Ela adorava dizer a todos que não era mãe, e sim amiga da filha, e que as duas eram confidentes uma da outra. Grande erro! Novamente o sistema estava sendo afetado pela violação da lei de hierarquia.

Celeste tinha diversas questões mal resolvidas com sua mãe e dificilmente conseguiria se relacionar com a filha sem carregar seus emaranhamentos. Como teve muitos irmãos, ela se sentia apenas um número em seu sistema de origem, além de acreditar que somente os filhos homens eram valorizados, pois sua mãe sempre motivou as meninas a saírem cedo de casa para trabalhar e estudar. Celeste interpretou esse comportamento como falta de amor, quando na verdade era exatamente o contrário.

A mãe dela teve uma vida muito difícil, não apenas por ser humilhada pela família do marido em função da cor de sua pele, mas porque jamais tivera a oportunidade de estudar, de colocar um vestido novo ou de escolher quantos filhos queria ter. Por não desejar o mesmo destino para as filhas, agia como se não as quisesse por perto. Celeste nunca soube o quanto sua mãe chorou de saudades dela e, movida pelo forte sentimento de rejeição que carregava, decidiu que com Gabrielle tudo seria diferente.

Embora estivesse imbuída de boas intenções, Celeste forçava algumas conversas que deixavam a filha desconfortável, agia como se fosse uma de suas colegas de escola, fazia perguntas íntimas e dava conselhos afetivos que em nada a ajudavam.

— Gabrielle, minha filha, nunca se esqueça: quem é bom já está comprometido. Você pode namorar com quem quiser, desde que seja solteiro.

Gabrielle ficava confusa. A conta não fechava. "Se quem é bom está comprometido e eu não posso namorar alguém comprometido, logo, só posso namorar quem não presta".

Como não se abria muito com a mãe, pois certas coisas uma moça só quer confidenciar a outras de sua idade, Celeste invadiu a privacidade da filha lendo o diário dela e ficou de cama quando descobriu que Gabrielle não era mais virgem, permaneceu deitada chorando durante horas e se lamentou como se a filha a tivesse traído.

O que Gabrielle entendeu? Entendeu que deveria sentir vergonha de sua sexualidade, pois o fato de se tornar mulher representava uma agressão à pobre mãe sofredora.

João Otávio não permitia que a filha namorasse e nunca ficou sabendo do que havia se passado entre as duas, mas constantemente acabava reforçando o comportamento vitimista da esposa. Ele dizia que Gabrielle não tinha o direito de se queixar, pois Celeste e ele foram muito pobres quando tinham a idade dela. Quando achava que a filha estava mentindo ou omitindo algo importante, lançava mão de seu discurso:

— Gabrielle, melhor amigo é pai, e melhor amiga é mãe. Você não deve confiar em ninguém. Confie apenas em seus pais.

De uma forma um pouco enviesada, ele queria dizer à filha que os dois a amavam, mas no auge de uma adolescência conturbada, e ainda carregando os emaranhamentos da vida de casal dos pais, Gabrielle só conseguia se sentir inadequada.

O tempo foi passando, Celeste e João Otávio acreditavam que a filha não merecia um voto de confiança, pois vivia aprontando com suas bebedeiras e más companhias, mas o que eles sequer imaginavam é que o comportamento perturbado de um filho está ali para apontar os desequilíbrios do sistema. João Otávio não via o sofrimento da filha, não percebia o quanto Gabrielle também sentia suas perdas e o quanto seu comportamento era uma forma de se manter fiel a ele; e Celeste, imersa em seu vitimismo, achava que estava sendo castigada por ter uma filha que, segundo ela, era igual ao marido desafortunado.

Celeste tinha certeza de que João Otávio só perdeu tudo porque ela não estava por perto para acompanhar os negócios, dizia para parentes e estranhos que se ele a tivesse escutado, jamais teriam ficado naquela situação. E como ela não conseguia enxergar a individualidade de Gabrielle, acabava usando o exemplo do marido para coagir a filha.

— Seu pai não me escutou e olha no que deu. Se você não me escutar, vai acabar como ele.

Gabrielle amava seus pais, mas odiava o comportamento deles.

Capítulo 17
UM PASSEIO INUSITADO

O apartamento emprestado por Clarisse era feio e escuro, a família não tinha dinheiro para investir em pintura ou quaisquer outras melhorias que pudessem torná-lo mais agradável aos olhos, os móveis ainda eram os mesmos que restaram da casa da piscina de azulejos, mas estavam aos pedaços, e a organização nos ambientes não seguia uma coerência harmônica. Não havia quadros, lustres refinados nem cortinas.

Celeste sempre foi muito caprichosa com a limpeza de todos os cômodos, pois precisava receber bem suas clientes de costuras, Gabrielle ajudava lavando a louça e esfregando o chão, mas dificilmente as duas conseguiam manter a organização por muito tempo. Como João Otávio estava depressivo, passava seus dias trabalhando pesado na oficina sem ver sua vida dar um passo rumo à prosperidade e suas noites e finais de semana se resumiam a ficar perto da esposa queixosa e da filha revoltada, com o passar do tempo, ele foi adquirindo um hábito que as irritava profundamente. Começou a carregar para dentro de casa todo lixo que encontrava na rua.

Aquelas mãos bem tratadas, que outrora manuseavam documentos assinados com suas canetas-tinteiro Montblanc, enquanto ostentava seu anel de ouro e rubi, eram agora as mesmas mãos que, calejadas pela dura rotina na oficina, reviravam as latas de lixo da cidade em busca de algo que nem ele sabia o que era. Talvez desejasse encontrar tudo o que havia perdido: sua fortuna, seus filhos, sua casa. Ao carregar consigo os diversos objetos recolhidos, desde pregos, roupas, latas e cadeiras, experimentava uma breve e parca sensação de preenchimento do vazio que lhe corroía a alma. Ele havia se tornado um acumulador. Estaria ele pagando o preço por sua arrogância? Ou foi a única forma que encontrou de se libertar da superioridade que lhe foi imposta desde o nascimento?

Gabrielle não aceitava o comportamento do pai, não era capaz de entender sua dor, vivia imersa na revolta de Celeste, que todos os dias esperava o marido sair para devolver aquele lixo para a rua. Em toda e qualquer briga do casal, Gabrielle sempre ficava ao lado da mãe, mas um dia João Otávio foi procurar um abajur que havia recolhido e, ao perceber que a esposa o colocou fora, foi se queixar para Gabrielle, que naquele momento, por algum motivo, posicionou-se em favor do pai. Celeste, ao achar que os dois estavam contra ela, ficou tão furiosa que puniu a filha com tratamento de silêncio, era uma forma aparentemente passiva de manipular Gabrielle, que a partir daquele dia nunca mais voltou a contrariá-la.

O fato é que aquele imóvel guardava muitas energias densas, as brigas, a violação das leis sistêmicas e todo aquele lixo contribuíam para que o apartamento não fosse um lugar acolhedor. A vergonha que Gabrielle sentia de morar ali se intensificava quando ela lembrava de seu castelo de infância. A casa da piscina de azulejos não era apenas uma referência estética, mas simbolizava o tempo em que Gabrielle ocupava apenas seu lugar de filha, um tempo em que ela jamais havia sido forçada a entrar na relação dos pais. Ela não sentia apenas saudades de morar em uma bela casa, mas sentia falta de ser somente a filha de Celeste e João Otávio.

Um dia, a jovem decidiu visitar sua antiga casa, queria vê-la de perto, sentir o cheiro das flores do jardim e respirar o ar puro do único lugar onde havia sido feliz. Sozinha, ela tomou o ônibus que passava próximo à casa, viajou por mais de 30 minutos e, quando desembarcou, caminhou a passos largos na esperança de encontrar sua felicidade. Quando chegou na esquina, viu que haviam construído um sobrado no terreno onde seu pai plantava e que as árvores que seguravam seu balanço já não existiam mais, porém a casa estava ali, linda e majestosa, o grande vitrô circular ganhava um brilho especial com os reflexos do sol. Gabrielle se aproximou, lentamente começou a caminhar em frente à casa, enquanto seus dedos deslizavam sobre cada pedacinho das grades do portão, ela olhou fixamente para uma das janelas na tentativa de enxergar o salão principal e ficou imaginando como estaria sua piscina. O dia estava quente, e ela teria sido capaz de dar sua vida por um último mergulho. De repente, uma das janelas se abriu e um homem lançou sobre ela um olhar incisivo, como se a estivesse convidando a se retirar dali. Ela se assustou e saiu correndo, algumas moedas que usaria para pagar o ônibus de volta caíram de seu bolso. Ao se abaixar para juntá-las, dera-se conta de que não fazia sentido algum estar ali. Ela caminhou até a parada de ônibus e foi embora, estava se sentindo estranha, vazia e perdida. Sem saber, vários fractais de sua alma estavam presos à casa da piscina de azulejos, ela ainda não tinha maturidade suficiente para ressignificar os fatos e se mantinha atrelada à dor da perda, ao invés de sentir gratidão pelo tempo em que ali viveu.

Quando retornou, Celeste já estava preocupada, Gabrielle não contou sobre seu passeio, só queria ficar quieta. Enquanto permanecia no mais absoluto silêncio, olhava para as paredes daquele sombrio apartamento e se perguntava se havia uma forma de deixá-lo mais bonito. Ela arrastou alguns móveis de lugar, tentou lustrar as madeiras corroídas pelo ataque dos cupins, mas nada era capaz de melhorar aquele ambiente.

Quando João Otávio chegou em casa, ela perguntou se ele teria condições de comprar algumas latas de tinta, tinha a intenção de pintar pelo menos a sala. Ele concordou em ajudar a filha e, poucos dias depois, quando conseguiu algum dinheiro, entregou-lhe dois galões de tinta branca, alguns pincéis e um rolo grande. E ali Gabrielle aprendeu a pintar paredes. Foi uma oportunidade de os dois se aproximarem um pouco, João Otávio ficou feliz ao ver a filha envolvida com a pintura e a ensinou tudo que podia para que ela pudesse trabalhar sozinha. O ambiente ficou um pouco mais claro, mas ainda estava longe de se tornar bonito. Enquanto aplicava as últimas pinceladas, Gabrielle decidiu que seria arquiteta, reconstruiria sua casa em algum lugar e nada nem ninguém seria capaz de tirá-la de lá.

Ela já estava com 16 anos e se deu conta de que, se quisesse ser alguém na vida, teria de ir à luta. Pediu para que seus pais a emancipassem para que pudesse começar a trabalhar fora. João Otávio não concordou, disse que ela não tinha de pensar em nada além de estudar e que se tivesse dinheiro acabaria gastando tudo com bebida.

— Mas, pai, eu não tenho dinheiro nem para comprar um batom.

— E para que você quer batom? Vá estudar.

Celeste não se opôs, mas, na intenção de poupar a filha, tentou convencê-la a desistir, alegando que ela havia começado a trabalhar muito cedo e que sofreu muito ao ser feita de escrava quando saiu da casa dos pais. Só que Gabrielle não estava pedindo para sair de casa, apenas queria ter mais autonomia, ter seu dinheiro, sentir-se útil, além de se afastar um pouco daquela triangulação.

— Filha, entendo que você queira ter seu dinheiro, me ajude nas costuras que eu lhe pago toda semana.

E ali ela ficou, aprendeu a pregar botões, aplicar zíper e fazer bainhas, e por um tempo Celeste pôde manter o controle sobre a filha. Mas Gabrielle, apesar de ter aprendido rápido, não tinha muita paciência com trabalhos manuais, não conseguia se concentrar enquanto a mãe falava mal de seu pai e quando Clarisse aparecia do nada, ela acabava se irritando e jogando longe as roupas das clientes. E então ela voltou a insistir.

— Mãe, quero trabalhar fora.

Celeste se irritou.

— Gabrielle, você vai trabalhar em quê? Você não sabe fazer nada.

— Eu sei fazer muita coisa, só não tenho experiência.

Sem argumentos, Celeste começou a se vitimizar. Gabrielle largou as costuras e foi beber na rua.

No final daquele mesmo dia, Clarisse foi até lá e Celeste comentou que a filha não parava de atormentá-la com a ideia de trabalhar fora. Para sua surpresa, a cunhada não apenas concordou com a sobrinha como também lhe conseguiu um estágio em um órgão público.

Gabrielle começou a trabalhar no turno da tarde e continuava estudando no período da manhã. Ela ganhava pouco e vivia cansada, mas estava satisfeita em ter seu próprio dinheiro e fazer novas amizades, embora ainda mantivesse o comportamento de isolamento do pai.

O setor onde trabalhava era aberto ao público, de duas a três vezes por semana, Clarisse aparecia por lá para visitar a sobrinha. Os chefes de Gabrielle não gostavam de vê-la interromper suas atividades para conversar, ela ficava constrangida, mas não tinha como se esconder da tia. Durante um ano ela permaneceu naquele estágio, mas no dia em que Clarisse falou para outros funcionários que seu irmão estava falido e que a família morava de favor em seu apartamento, Gabrielle, tomada de vergonha, decidiu ir embora.

Capítulo 18

VIVER NO PASSADO

Gabrielle concluiu os estudos no segundo grau e já era hora de se preparar para ingressar na faculdade. Ela prestou vestibular para Arquitetura na Universidade Federal da capital e em outras duas particulares. Passou apenas em uma, justamente aquela cuja mensalidade era mais cara. Seus pais não tinham condições de pagar seus estudos, mas Gabrielle estava decidida, a construção de uma nova casa da piscina de azulejos era sua maior motivação.

João Otávio não queria que a filha se tornasse arquiteta, embora desde criança ela já manifestasse sinais de sua verdadeira vocação. Com apenas 3 anos de idade, Gabrielle desenhava compulsivamente, seus traços ainda disformes preenchiam as paredes da casa e todo e qualquer papel que encontrasse pela frente servia de suporte para expressar sua imaginação. Por volta dos 6 anos, ela começou a desenhar plantas baixas, o casal não entendia como a filha era capaz de reproduzir imagens que nunca vira antes, mas sempre incentivaram sua criatividade, Celeste lhe comprava lápis e canetas coloridas, e João Otávio, quase que diariamente, levava para casa blocos e folhas de papel timbrado de suas empresas.

Sem ter de onde tirar dinheiro, Gabrielle se inscreveu em um programa de auxílio estudantil da Universidade e conseguiu uma bolsa de estudos em troca da prestação de serviços na área da pesquisa. João Otávio achou um absurdo, insistiu para que a filha pedisse transferência da Arquitetura para Ciências Jurídicas, mesma área de formação de Nora e Clarisse, pois, como as duas eram bem-sucedidas, ele acreditava que Gabrielle deveria seguir o mesmo caminho. Como ela não lhe deu ouvidos, a briga entre os dois se intensificou. Ela passava quase 12 horas por dia dentro do Campus e quando chegava em casa, seu pai não lhe dava sossego.

— Gabrielle, você já fez a transferência?

— Eu não vou trocar de curso.

— Não seja burra, Ciências Jurídicas é muito melhor.

Desaforada como sempre, ela lhe deu uma resposta que acabou com seus argumentos:

— Se você gosta tanto dessa área, por que fez Engenharia?

Ele não retrucou, apenas acendeu um cigarro e ficou resmungando sozinho.

Gabrielle seguia com sua exaustiva rotina e aos finais de semana, como precisava de dinheiro para livros e materiais de desenho, fazia alguns trabalhos informais em feiras e eventos de supermercado. Ela adorava os conteúdos de aula, mas sua obsessão pela casa da piscina de azulejos acabava lhe atrapalhando, não conseguia dar atenção às tendências de mercado da área e em todo e qualquer projeto de aula dava um jeito de inserir os elementos estéticos de sua antiga casa. Um dia, ela foi apresentar um trabalho para a turma, cada estudante deveria desenvolver um ambiente residencial com o mesmo padrão estético em todos os cômodos. Gabrielle projetou uma casa com interfones vermelhos em todas as peças, quando mostrou sua ideia para os colegas, o professor imediatamente a interrompeu em tom de deboche.

— Mas que absurdo! Já faz mais de 10 anos que isso deixou de ser moda. E vermelho ainda? Se você trabalhasse para mim seria demitida.

Todos deram altas risadas. Gabrielle ficou furiosa, como se atreveram a rir de algo que significava tanto para ela? Como não entenderam importância daquilo que estava em seu trabalho? Sua necessidade de mostrar a casa ao mundo era tanta, que ela não conseguia dissociá-la de sua identidade. Ela não vivia pensando na casa, ela vivia a casa. E mesmo depois de tamanha humilhação, não apenas seguiu usando-a em seus projetos, como passou a mostrá-la para toda e qualquer pessoa com quem se relacionava.

Apesar do constante clima de belicismo entre pai e filha, João Otávio usou o velho Fusca para ensinar Gabrielle a dirigir, era um dos poucos momentos em que a paz se estabelecia entre os dois. Quando completou 18 anos, Celeste conseguiu dar a ela sua primeira habilitação. Gabrielle tinha poucas amigas, mas todas, sem exceção, conheceram a casa da piscina de azulejos. Ao invés de convidá-las para ir ao apartamento onde morava com os pais, Gabrielle, aos finais de semana, pegava o Fusca e as levava em sua antiga casa. Ela nunca se deu por conta de que as pessoas poderiam não estar interessadas naquela história, não fazia sentido dirigir até lá só para mostrar a fachada de um lugar que não era seu.

Com seus namorados a história se repetia, qualquer rapaz que quisesse desfrutar de sua companhia deveria passar em frente à casa. Esse hábito, por vezes desagradável, não era só uma forma equivocada de buscar a validação das pessoas, mas de se manter fiel às crenças de João Otávio. Para ele, não ter sua casa significava não ter amigos; para ela, só era possível ter amigos por estar vinculada à casa.

Capítulo 19

O DESEJO DE PERTENCER

Gabrielle se formou com 25 anos de idade. Como não tinham dinheiro para fazer a colação de grau, ela apenas retirou seu diploma em gabinete. Sem emprego, estava sempre em busca de uma colocação em sua área, distribuía currículos, buscava anúncios no jornal, pedia trabalho para pessoas da Universidade, mas nenhuma porta se abria diante dela. João Otávio, ao ver que a filha não conseguia dar certo em sua área, aproveitava para criticá-la.

— Viu, Gabrielle, eu avisei. Se você tivesse me escutado hoje teria um emprego.

O que ele jamais poderia imaginar é que sua filha o amava tanto, que por fidelidade cega acabava se sabotando. Diante do fracasso do pai, ela não se sentia autorizada a prosperar em sua área de formação, tinha medo de ofendê-lo com seu sucesso profissional.

Essa postura, ainda que inconsciente, mostrava o quanto seu desejo de pertencer era mais forte até que o desejo de sobreviver.

Gabrielle não sabia que por trás das críticas do pai havia o profundo desejo de vê-la realizada, e ao criticá-lo também, não estava pronta para crescer e honrar a vida que recebeu dele.

Depois de realizar uma entrevista em um estúdio de arquitetura, ela começou a trabalhar. Antes mesmo de assinarem sua carteira de trabalho, fora dispensada por não seguir as recomendações exigidas no projeto de um cliente. Ela desenhou as plantas com todo o rigor técnico necessário, mas contrariando as orientações do arquiteto responsável, achou que o cliente ficaria feliz com uma piscina de azulejos em seu pátio. Quando o cliente apareceu no estúdio, seu chefe não estava, e ela apresentou o projeto convicta de que seria valorizada por sua iniciativa. O cliente detestou a ideia, ele já havia deixado claro que queria usar o quintal para circulação de pessoas. Gabrielle claramente se boicotou para permanecer emaranhada.

Sua vida afetiva também era desastrosa, só se envolvia com homens não disponíveis assim como ela, pois ainda estava emaranhada no casamento dos pais. Quando conhecia um rapaz bem-intencionado, fazia questão de maltratá-lo para não deixar que o relacionamento se aprofundasse.

Durante um evento para o lançamento de um catálogo de arquitetura, Gabrielle conheceu um administrador de empresas. Leonardo era jovem, mas já tinha casa própria e estabilidade financeira, e em pouco tempo os dois começaram a namorar. Ele estava apaixonado, falava em casamento e realmente tinha a intenção de construir uma família com Gabrielle. Ela alimentou suas expectativas, falava sobre ter filhos e quais valores gostaria de ensinar a eles. No dia em que completariam oito meses de namoro, Gabrielle provocou uma briga sem sentido e acusou Leonardo de ser insensível a seus sentimentos, o que não era verdade, pois ele a tratava como uma princesa. Na tentativa de se defender, ele expôs seus argumentos e tentou convencê-la de que estava sendo injusta, mas Gabrielle simplesmente o descartou com frieza e arrogância.

— Acabou! Nunca mais quero enxergar você.

— O quê? Você não pode terminar comigo assim.

— Claro que posso, quero que você me esqueça e me deixe em paz.

Leonardo não acreditava que Gabrielle pudesse estar falando sério e insistiu para que os dois se reconciliassem, pois se amavam e já tinham traçado seus planos, mas ela estava irredutível, tinha certeza de sua decisão e o cortou de sua vida como se tudo não tivesse passado de um simples flerte.

Com a voz embargada por suas lágrimas, ele aceitou aquele triste fim.

— Gabrielle, vou lhe deixar em paz, mas nunca vou entender seu comportamento. Você constrói um castelo lindo para depois destruí-lo a ponto de não sobrar mais nada.

E então ele lhe deu as costas. Por algum motivo, aquelas palavras reverberaram dentro dela, não a ponto de fazê-la se arrepender de sua decisão, mas de deixá-la pensativa em relação à metáfora do castelo. Embora também estivesse triste, ela seguiu com sua vida e, durante muito tempo, sentiu-se incomodada com o fato de que alguém pudesse ter acessado sua maior dor.

Leonardo não foi o único a sofrer nas mãos de Gabrielle, vários de seus namorados teriam se casado com ela, mas foram mandados embora no momento que acreditaram no conto de fadas dela. Ela não tinha consciência da verdadeira causa de seu comportamento, no fundo, usava os homens para se vingar do pai, queria devolver a ele a dor de ter sido arrancada de seu castelo. Sua criança interior ainda estava profundamente ferida, não conseguia dissociar os namorados de sua figura paterna. E ao se empenhar para que nenhum de seus relacionamentos desse certo, ela também se mantinha fiel ao sofrimento de Celeste, pois não se sentia no direito de desfrutar de uma vida amorosa, uma vez que sua mãe era tão infeliz no casamento.

Quando pensava em ter sucesso profissional e amoroso, Gabrielle se sentia culpada, não queria carregar o peso de ser feliz enquanto seus pais levavam uma vida de frustrações. Se Hellinger a tivesse conhecido, diria que para ser feliz é preciso coragem. Sem se dar por conta, ela assumiu uma postura arrogante ao achar que eles precisavam dela, não reconhecia o fato de que seus pais eram os grandes e ela, a pequena. Achou que estar ali, emaranhada no casamento deles, era uma forma de ajudá-los a carregar seus fardos. Ela não sabia da grande verdade apresentada por Hellinger. "Nenhum filho é capaz de preencher o vazio e a necessidade emocional do pai ou da mãe".

Ela passou a ficar grande parte de seu tempo com eles, voltou a ajudar Celeste nas costuras, fazia comida e tentava organizar todo o lixo que havia dentro do apartamento. Algumas vezes na semana, acompanhava João Otávio nos serviços de elétrica e hidráulica que ele prestava para alguns clientes e se tornou uma espécie de ajudante de "faz tudo". Por mais de cinco anos, a dinâmica familiar seguiu esse modelo.

Embora gostasse de sua companhia, João Otávio sentia o quanto a filha estava infeliz e frustrada e não achava certo que uma moça daquela idade, já formada, estivesse ali parada, sem uma perspectiva de futuro. Mesmo não concordando com a escolha profissional de Gabrielle, desejava vê-la em um bom emprego e queria que ela se casasse e lhe desse netos. Celeste não via problema algum com a filha, embora tivesse de sustentá-la, gostava de tê-la por perto e nunca lhe passou pela cabeça que um dia a filha pudesse sair de perto deles. O emaranhamento era tanto, que chegou um ponto em que Gabrielle não tinha uma amizade sequer, e até mesmo os homens indisponíveis já não se aproximavam mais. Ela estava vivendo apenas a vida de seus pais.

João Otávio se aposentou, mas ainda seguia com suas atividades informais, e com um pouco de dinheiro a mais, decidiu pagar terapia à filha. Ele estava cumprindo seu papel de pai dentro do sistema, que é o de guiar o filho em direção ao mundo. Embora a constelação familiar ainda fosse pouco conhecida no meio terapêutico, sua psicóloga era muito sábia e rapidamente identificou as travas que impediam Gabrielle de crescer. Sua primeira orientação foi: parar de tomar partido na relação de casal dos pais. E durante os dois primeiros meses, o tratamento se manteve focado no fortalecimento da identidade de Gabrielle, somente assim ela poderia lidar com a culpa que sentiria ao abandonar aquela triangulação.

Ela começou a se sentir viva, passou a enxergar uma luz no fim do túnel e adquiriu a habilidade de dizer não aos pais, que ainda mantinham o padrão de colocá-la no meio de suas brigas conjugais. A lição mais importante que aprendeu é que não estaria traindo os dois ao construir sua própria vida. E como num passe de mágica, ela acabou largando a bebida e o cigarro.

Em pouco tempo, surgiu uma oportunidade de trabalho em outra cidade. Nos primeiros seis meses, Gabrielle continuou morando na casa dos pais, viajava 200 quilômetros por dia com os custos de transporte ressarcidos pela empresa, que lhe pagava um salário relativamente bom, o suficiente para começar a pensar em morar sozinha. Sua rotina era extremamente cansativa, acordava cedo, dormia tarde e passava muito tempo nas rodoviárias à espera do horário de partida de seu ônibus. Mesmo exausta, ela estava feliz e decidiu que já era hora de se mudar. Como não tinha dinheiro para montar uma casa, ela alugou uma quitinete mobiliada e embora estivesse olhando para o futuro, levou muito tempo escolhendo um imóvel que apresentasse alguma semelhança com a casa da piscina de azulejos, mas ela encontrou e foi morar num prédio que possuía um grande vitrô circular na fachada.

João Otávio ficou tão feliz, que lhe deu um jogo de panelas de presente. "Finalmente Gabrielle vai tomar rumo na vida", pensou ele.

Celeste não encarou a situação da mesma forma e fez todas as chantagens possíveis para mantê-la por perto, sem saber que, à luz da constelação familiar, proteger um filho adulto é o mesmo que destruí-lo. Seus argumentos se intercalavam entre doçura e agressividade.

— Gabrielle, aqui em casa eu cuido da sua roupa e quando você chega já tem comida pronta. Você não precisa se preocupar com nada. Você não tem maturidade para administrar uma casa.

Ela ficava profundamente magoada quando a mãe duvidava de sua capacidade, mas estava tão empolgada e se sentia tão forte com o apoio do pai, que fez as malas e partiu em direção a sua nova vida, e comemorou seus 32 anos na agradável sombra de seu novo lar.

Capítulo 20

EU TE OLHO, EU TE VEJO

Pela primeira vez em mais de 40 anos de casados, Celeste e João Otávio estavam a sós. Eles seguiram com sua vida de isolamento, não tinham amigos nem vida social. Celeste também se aposentou, mas manteve algumas clientes de costuras para se distrair; João Otávio intensificou o hábito de recolher lixo da rua e como nunca desistiu de recuperar sua fortuna, decidiu que através do jogo seria possível dar uma casa à esposa e devolver o apartamento de Clarisse, que, àquela altura, já não os visitava com tanta frequência.

Gabrielle diariamente telefonava para os pais e os visitava aos finais de semana. Celeste não escondia a tristeza de não a ter mais por perto, no domingo à noite, quando a filha começava a se organizar para ir embora, ela ficava profundamente deprimida e lembrava de sua mãe, que um dia lhe relatou ter o mesmo sentimento na época em que Celeste passava as férias escolares no interior.

João Otávio gastava todo o seu dinheiro em cigarro e jogo, e Celeste, que seguia sustentando a casa, ficava profundamente incomodada com aquele comportamento que havia se tornado obsessivo. Ele afirmava já estar curado de seu antigo vício em jogo, mas passava o dia inteiro fazendo cálculos de análise combinatória para as apostas que, segundo ele, lhes devolveriam sua fortuna. Ele saía apenas para ir até a casa lotérica e eventualmente conseguia pequenas premiações, mas nunca o suficiente para comprar uma casa.

Celeste insistia com o marido para que eles começassem a passear juntos, pois há muitos anos suas vidas giravam apenas em torno de sacrifícios para obter sustento. Ele alegava não estar disposto a caminhar, tampouco pegar ônibus para ir a qualquer lugar, pois, após se aposentar, teve de vender o Fusca a um ferro velho, já que com o desgaste dos anos de estrada, somente algumas de suas peças poderiam ter utilidade.

O casal desfrutava de uma solidão a dois, no fundo, já não se suportavam mais. Com a partida de Gabrielle, a triangulação se desfez e eles agora teriam a oportunidade de olhar um para o outro, mas ambos se refugiaram em suas dores e só permaneciam próximos durante as refeições. Celeste só o convidava para passear por não ter outra opção, ela sentia muito a falta de Gabrielle, que durante anos ocupou o papel do pai dentro do sistema. João Otávio sempre jogou sobre a filha o compromisso de dar atenção à esposa, pedia para ela sair com a mãe, dar atenção à mãe e insistia para que a filha a levasse para todo e qualquer lugar que estivesse indo.

Durante os anos de emaranhamento, Gabrielle chegou ao ponto de levar Celeste para passear com seus namorados e frequentemente a levava para a faculdade, pois sabia o quanto sua mãe sofria pelo fato do pai a ter impedido de estudar. Mas João Otávio não era o único a violar a lei da ordem, certo dia, Gabrielle estava de saída para se encontrar com alguns colegas, era uma tarde de domingo e o dia estava lindo, quando se aproximou da mãe para avisar que voltaria no final do dia, Celeste começou a chorar.

— Você vai sair? Eu não posso sair, nunca vou a lugar algum.

Gabrielle não a convidou para ir junto, mas durante o tempo em que esteve fora, se manteve presa ao sofrimento da mãe, não se divertiu, não conversou e decidiu voltar mais cedo para casa tamanha era culpa que estava sentindo.

Embora tenha conseguido dar um grande passo em direção à vida, Gabrielle não estava totalmente livre do casamento dos pais, mesmo longe, os dois ainda se queixavam de seus problemas conjugais, João Otávio reclamava que a esposa era mandona, e Celeste se queixava dele por viver em função do jogo e do lixo que levava para casa. Ela os escutava, pois sabia que não tinham com quem conversar, e mesmo sabendo que sua postura era determinante para seu sucesso, volta e meia caía na tentação de tomar partido.

Um ano após sair da casa dos pais, Gabrielle recebeu uma notícia que a deixou perturbada. Celeste estava com câncer no fígado. Todos os tratamentos foram feitos pelo Sistema Único de Saúde e ela teve de se submeter a uma cirurgia para remover a lesão. Gabrielle conseguiu alguns dias de folga no trabalho para estar perto da mãe, que se recuperou rapidamente, pois o desenvolvimento do tumor ainda estava em estágio inicial. Nos meses seguintes, Celeste teve de manter uma dieta rigorosa, além de realizar exames periódicos para se certificar de que a doença não voltaria a atacá-la.

Ela sentiu que estava recebendo uma chance da vida, dizia a todos que sobreviver a um câncer era uma experiência transformadora e que a partir daquele momento ela desejava viver e ser feliz. João Otávio sentiu muito medo de perdê-la, ainda assim, não se dispôs a parar com a coleta de lixo nem diminuir a frequência dos jogos.

Capítulo 21
A LEI DO EQUILÍBRIO

Gabrielle conquistou estabilidade na empresa de arquitetura em que trabalhava, acompanhava o andamento de obras comerciais e residenciais, desenvolvia o paisagismo de áreas externas e, de uma forma muito comedida, dava um jeitinho de colocar elementos estéticos da casa da piscina de azulejos em seus projetos. Ela pagava seu aluguel e todas as despesas necessárias para sobreviver, mas nunca lhe sobrava dinheiro a ponto de aplicar em investimentos ou criar uma reserva de emergência. No fundo ela ainda carregava a crença de não poder ganhar mais que seus pais.

Sua vida amorosa também dava claros sinais de que ainda não estava disponível para a vida. Numa festa de final de ano, ela conheceu um programador que rapidamente despertou seu interesse. Eduardo era extremamente gentil, bem-humorado e desfrutava de uma excelente condição financeira. Diferentemente de Gabrielle, ele era filho único e morava com a mãe em um belo apartamento. Em pouco tempo, os dois estavam muito envolvidos e ele a pediu em namoro. Apesar da aparente harmonia, ela sentia que havia algo muito errado entre eles. O pai de Eduardo faleceu quando ele tinha apenas 16 anos e ele imediatamente assumiu o papel de marido da mãe. Ele queria muito que seu namoro desse certo, mas por diversas vezes chegou a comentar com Gabrielle que, ao estar com ela, tinha a sensação de estar traindo sua mãe. Eles dificilmente saíam, encontravam-se apenas na casa dele e sempre na presença da mãe, que tratava Gabrielle como uma amiga, mas eventualmente dava sinais de que a considerava uma rival.

Sem se dar por conta, Gabrielle havia caído em outra triangulação. Certo dia, os dois saíram para jantar fora e retornaram para a casa de Eduardo no meio da madrugada, quando abriram a garagem do prédio, a mãe dele estava ali, de braços cruzados, pronta para repreender o filho na presença da namorada. Ele e a mãe tiveram uma discussão violenta, Gabrielle ficou constrangida, não sabia o que fazer. Eduardo foi extremamente grosseiro com a mãe ao afirmar que ela não o deixava viver. Em poucas semanas, o rapaz foi se contraindo, seu sofrimento era visível, dizia amar Gabrielle, mas pedia desculpas por não conseguir ficar com ela.

Essa configuração entre mãe e filho é muito comum, e no caso de Gabrielle, seu namoro apenas indicava o quanto ela ainda precisava rever sua relação com os pais. Por não estar totalmente disponível, atraiu um homem indisponível para se relacionar. E esse padrão de relacionamento a acompanhou por muitos anos, Gabrielle só atraia homens que viviam imersos em seus complexos de Édipo, ela chegava a fazer piada da situação, dizia se tratar de um carma e que já estava acostumada a passar mais tempo com suas sogras do que com seus namorados.

As não realizações dela também estavam sendo comandadas por outras dinâmicas do sistema. Gabrielle estava sendo fiel também a seus irmãos que não puderam se realizar. Benício Neto e os seis abortos de Celeste precisariam ser tratados com olhar de pertencimento, Gabrielle não poderia caminhar em direção à vida enquanto não se percebesse como a filha caçula. Mas sem um olhar sistêmico, ela dificilmente faria esse movimento por conta própria.

Além disso, como todo e qualquer ser humano, Gabrielle desenvolveu feridas emocionais na infância e a maior delas era a da rejeição, o que a levava a ter uma dificuldade imensa em receber qualquer coisa dos homens, não conseguia receber afeto, nem presentes e até mesmo quando João Otávio ganhava algum dinheiro no jogo e tentava presentear a filha, ela se sentia profundamente incomodada. E uma mulher que não sabe receber, atrai homens que não sabem dar.

Quando completou três anos de vínculo com a empresa de arquitetura, ela recebeu um aumento de salário e decidiu se mudar para um apartamento maior. Há 15 anos os cães da família haviam morrido e ela sempre teve vontade de adotar um companheiro para alegar seus dias. Ganhando melhor, alugou um apartamento com uma grande sacada, assim seu cãozinho poderia tomar sol enquanto ela estivesse fora.

Embora ainda vivesse bastante isolada, rapidamente fez amizade com os moradores do prédio e se tornou muito próxima de seu vizinho de porta. Evandro era um homem muito bonito, engenheiro agrônomo de meia idade, gostava de jogos e de estudos ocultistas, era extremamente agradável e arrancava suspiros de todas as moradoras do edifício. Quando se viram pela primeira vez nos corredores, Gabrielle não lhe deu muita atenção, pois acreditou que ele certamente teria esposa e filhos. A conversa entre os dois começou a fluir por causa de sua cachorrinha, Babi, que um dia escapou do apartamento e entrou na sala de Evandro. Ele adorava animais e mostrou a Gabrielle sua mascote da raça pinscher, que na verdade não era dele, mas da mãe idosa que morava com ele. Já nos primeiros contatos, o que Gabrielle descobriu é que não era a mãe que morava com ele, e sim ele que morava com a mãe, pois nunca havia saído da casa dos pais.

Naquele momento uma luz de alerta se acendeu diante dela, mas como já estava fortemente empenhada em conquistá-lo, decidiu ignorar aquele fato e, ao invés de se curar para atrair homens disponíveis, achou que conseguiria dissolver o emaranhamento dele. De todos os namorados de Gabrielle, Evandro foi o caso mais complexo, os dois só se encontravam no apartamento dela, pois ele afirmava que não queria perturbar a mãe, e suas conversas giravam sempre em torno dela. Ele deixava de sair para trabalhar para cuidar da mãe e não passava a noite toda com Gabrielle, voltava para casa e dormia na mesma cama com sua mãe. Ele tinha condições financeiras de pagar duas ou três cuidadoras, ou até de se mudar dali, mas no fundo usava aquela situação para não criar vínculos afetivos com nenhuma mulher. Dentro de seis meses, eles estavam namorando sério e, embora não gostasse do comportamento obsessivo de Evandro, Gabrielle, movida pelo desafio de mudá-lo, não percebeu que suas chances eram mínimas e que aquele homem jamais abandonaria o casamento com sua mãe para se casar com ela.

João Otávio não gostava dele, mas sempre o tratou bem por consideração à filha, e por vezes tentava alertá-la.

— Minha filha, um homem nessa idade que nunca se casou e que nunca saiu de baixo da saia da mãe deve ter algum problema.

Gabrielle sabia que seu pai poderia estar certo, mas estava apaixonada, nunca havia amado outro homem com tanta intensidade e acreditava que ele era o grande amor de sua vida. O que ela não sabia é que se Evandro fosse de fato um homem disponível, ela não teria se interessado por ele, pois a autossabotagem ainda governava sua vida.

Outro fator que mantinha Gabrielle tão focada naquele relacionamento sem futuro era a semelhança entre Evandro e seu pai, os dois eram homens altos de olhos verdes, engenheiros, adoravam jogar, eram extremamente cultos, mas totalmente irresponsáveis com suas vidas financeiras. É possível que ela mantivesse um oculto complexo de Electra, ou estivesse procurando uma figura paterna para substituir o homem que, segundo sua crença, a rejeitou na infância.

Quando uma pessoa não tira aprendizado das situações de vida, inevitavelmente acaba repetindo padrões até que aprenda suas lições, e Gabrielle não havia aprendido, estava novamente vivendo uma triangulação. Ela não tinha raiva da sogra, pelo contrário, sentia compaixão por aquela frágil idosa que sempre a tratou com carinho, chegou a ajudá-la com os banhos e frequentemente lhe dava comida na boca, pois acreditava que o desequilíbrio daquele sistema não era uma via de mão dupla, e sim um problema de Evandro. Chegou um ponto em que ele não quis mais dormir com Gabrielle. Cansada daquela situação, ela decidiu colocá-lo contra a parede, mas ele escolheu ficar com a mulher com quem estava casado desde a infância.

Capítulo 22

A HORA DO ADEUS

João Otávio sempre desfrutou de uma saúde de ferro, embora tivesse levado uma vida sedentária, além de fumar desde a adolescência, jamais sentiu uma dor de barriga sequer. Celeste se preocupava muito com a saúde do marido, insistia para que ele largasse o cigarro, tinha medo de que seu pulmão pudesse não aguentar os anos de vício.

Numa manhã de sábado, ele acordou sentindo um profundo mal-estar, reclamava de tonturas e dores na barriga e em poucas horas estava queimando em febre a ponto de não conseguir andar. Celeste imediatamente quis levá-lo ao médico. Muito teimoso, ele dizia que não era necessário, mas durante a próxima madrugada, seus gritos de dor podiam ser ouvidos do outro lado da rua. Contrariando a vontade do marido, Celeste chamou uma ambulância que rapidamente o levou até o hospital onde Nádia trabalhava. Ele teve de ficar internado, a medicação não surtia efeito e a equipe médica não conseguia emitir um diagnóstico preciso.

Todos acreditavam que seu mal-estar tinha relação com o tabagismo, mas foi a partir da constatação de uma severa anemia que sua doença foi detectada. Ele estava com câncer terminal no intestino. Por diversas vezes no decorrer da vida, ele afirmou que jamais seria acometido por tal doença, pois tinha certeza de que não guardava mágoa dentro de si. A verdade é que ele nunca tomou consciência do tamanho da dor que carregava. Após tantas perdas, ele se mostrava uma pessoa alegre, vivia brincando e fazendo piadas de tudo ao redor, era uma forma de esconder sua tristeza.

À luz da psicossomática, seu intestino não fora capaz de expelir a vergonha e o sentimento de fracasso. Ele jogou até a véspera da internação e todos os dias afirmava que só iria morrer depois de dar uma casa à esposa, mas, internamente, suas esperanças já haviam se esgotado há anos.

Durante dois meses, ele permaneceu no hospital. Gabrielle conseguiu uma licença no trabalho para ficar com o pai, ela e Celeste se revezavam para lhe fazer companhia e Nádia, mesmo em seus dias de folga, mantinha-se próxima ao tio, cuidava de sua medicação e de seus banhos diários. Clarisse e Nora visitavam o irmão com pouca frequência, mas diariamente telefonavam para saber notícias. Como Celeste estava esgotada com a rotina no hospital, Gabrielle começou a ficar mais tempo com o pai. Ele se sentia muito mal, mas sua mente estava tão lúcida quanto em seus tempos de juventude.

Os dois passavam seus dias conversando, João Otávio lhe contou muitas passagens de sua infância, Gabrielle nem imaginava que o pai, aos 6 anos de idade, foi dado a uma família de criação, pois sua mãe vivia doente e seu pai e irmãs não podiam cuidar dele, mas em poucos meses, quando Evelyn teve uma leve melhora, Benício o buscou de volta.

Ele adormecia segurando a mão da filha, que passava as noites em uma cadeira ao lado de sua cama. Em função das fortes dores de cabeça que ele sentia, Gabrielle colocava suas mãos geladas na testa do pai e os dois lembravam de quando ela era bem pequena: João Otávio, ao chegar em casa, pedia para que a filha colocasse suas mãozinhas em seu rosto para aliviar o estresse de um dia de trabalho.

Ele sabia que estava morrendo e volta e meia falava de seus arrependimentos.

— Eu fui um estúpido arrogante, o meu mal é que fui ganancioso, só pensei em acumular riqueza e fiz tudo errado.

— Não é hora de pensar nisso, pai.

— Eu fui generoso com tantas e tantas pessoas e deixei minha família sem nada.

— Isso não é verdade, você me deu muito, me ensinou a dirigir, me ensinou a sonhar e me deu a melhor infância que uma criança pode desejar. Você me ensinou a ser generosa, lembra?

Ele não lembrava que quando Gabrielle tinha 7 anos os dois passeavam pelo centro da cidade quando viram um morador de rua deitado no chão. João Otávio tirou algum dinheiro do bolso e colocou nas mãos da filha para ensiná-la a fazer o bem, com medo, ela se escondeu atrás das pernas do pai e não quis se aproximar. Ele insistiu para que ela fizesse um ato de caridade, disse que não havia por que ter medo, pois ele estava ali com ela. Gabrielle segurou com força a mão do pai e abaixou-se levemente para entregar o dinheiro àquele pobre homem esfarrapado.

— Pai, lembra que eu roubava seus cigarros e você fingia que não estava vendo?

Ele riu e disse estar arrependido de ter fumado tanto na presença dela, que na fase em que Gabrielle bebia, ele ficava profundamente triste, pois lembrava dos momentos em que Benício caía de bêbado.

Naquele momento, uma das enfermeiras entrou no quarto, estava na hora de aplicar medicação na veia. Ele contou à moça que havia feito grandes coisas em sua vida, mas que a melhor delas estava ali, era sua filha. Ele contou também que, antes de Gabrielle, tivera um menino e que entre o nascimento dos dois, sua esposa teve várias gestações que não foram adiante.

Enquanto a enfermeira escutava aquelas histórias, Gabrielle teve um *insight*, ela não era filha única, estava filha única. Seu coração se preencheu de um amor tão grande, que ali mesmo deu um lugar de pertencimento a seus irmãos. Ela não entendia como podia estar se sentindo tão bem no leito de morte do pai e olhou para ele com muita gratidão. A partir daquele momento reconheceu o quanto ele e Celeste foram fortes e agradeceu por eles não terem desistido de gerar sua vida.

Nádia chegou para substituir Gabrielle, que precisava voltar ao trabalho, ficaria três dias longe, mas já havia se organizado para retornar no final de semana. João Otávio adormeceu enquanto as duas conversavam. Gabrielle disse que ele já estava alimentado, mas que se recusou a tomar banho. Ela foi embora tranquila, pois sabia que sua prima cuidaria dele com amor e com toda a competência inerente à profissão.

No dia seguinte, Celeste foi ficar com ele para que Nádia pudesse descansar, ele amanheceu abatido e com muita febre, não conseguia comer e até mesmo um gole d'água lhe causava dor. Celeste segurava as mãos do marido, dizia que ele ficaria bom e que os dois fariam uma nova lua de mel, mas ele mal escutava suas palavras, mantinha o olhar longe enquanto mexia na aliança da esposa. Com a voz embargada, ele compartilhou seu último desejo com Celeste:

— Eu só queria estar dentro da nossa piscina, vendo seu sorriso enquanto ensinava nossa filha a nadar. Celeste, me perdoe por todo o mal que lhe fiz.

Na tentativa de animá-lo, ela brincou.

— Só perdoo se você se levantar logo daí.

Ele já não achava graça de mais nada, estava entregue nas mãos de Deus, só pensava em parar de sentir dor.

— Daqui eu só saio de rabecão.

— Não, João Otávio, você vai sair daqui caminhando de mãos dadas comigo, nós ainda seremos felizes.

Naquele momento ele começou a engasgar, teve uma parada cardíaca e rapidamente foi levado para a UTI. Celeste não pôde entrar com ele, ficou angustiada andando pelos corredores, até que teve a ideia de descer para a capela do hospital. Ajoelhou-se em frente à imagem de Nossa Senhora e pediu para que ela salvasse seu marido. Nádia nem chegou a dormir, voltou ao hospital assim que Celeste lhe telefonou, como tinha livre acesso à ala onde o tio estava, queria acompanhar de perto o trabalho da equipe médica.

No decorrer do dia ele sofreu mais três paradas cardíacas. Às 11:45 da noite, João Otávio deixou este mundo sem realizar seu maior desejo. Levou consigo a dor de não ter devolvido à família toda a riqueza que um dia fora capaz de conquistar. Nádia tocou em seu rosto sem vida e, chorando, agradeceu por ele ter sido um verdadeiro pai para ela, mas rapidamente enxugou suas lágrimas, pois chegara o momento de ir até o corredor para dar a notícia.

— Celeste, ele se foi!

— Não, claro que não, ele deve ter desmaiado, vá lá e faça alguma coisa.

— Não, Celeste, não há mais nada a ser feito. João Otávio faleceu.

Celeste começou a gritar, um dos médicos apareceu na tentativa de acalmá-la. Descontrolada, ela segurou com força o jaleco dele e ordenou que ele lhe devolvesse à vida.

— Pelo amor de Deus, alguém precisa trazê-lo de volta. Me deixem entrar nesse quarto, se ninguém faz nada eu faço, comigo ele vai acordar.

Nádia abraçou a tia e lhe disse que não a deixariam entrar. Ele estava todo vomitado, havia se urinado antes do último suspiro e era melhor que Celeste não o enxergasse naquele estado. Ela não aceitava, estava devastada. Como o único grande amor de sua vida fora capaz de se render diante da morte? Como ela iria viver sem ele? Tinha a certeza de que poderia ressuscitá-lo.

Após dar um calmante para a tia, Nádia telefonou para Gabrielle, que não se surpreendeu com a morte do pai, pois na noite anterior sonhou que ele entrou em seu apartamento e, em tom de despedida, deu-lhe um carinhoso abraço. Ela se manteve calma, pois teria de enfrentar uma viagem de duas horas até chegar à capital. Nádia providenciou o sepultamento, pois Celeste estava catatônica por conta dos tranquilizantes que lhe deram. Gabrielle chegou às 2h da manhã, sua mãe já estava em casa com Nádia e no início da manhã as três se encontraram com os parentes na capela do cemitério. Gabrielle se manteve tranquila, mas quando viu o caixão do pai ser colocado na mesma tumba de seus avós e de seu irmão, não aguentou e se rendeu a seu pranto de dor.

Capítulo 23

A REALIZAÇÃO ENFIM

Gabrielle estava de licença no trabalho, na noite em que seu pai faleceu, ela havia levado sua cachorrinha consigo e decidiu passar alguns dias perto da mãe. Após a noite do sepultamento, ela acordou com um forte barulho, quando foi até a sala, viu que Celeste estava destruindo o apartamento, ela havia arrancado as portas dos velhos armários e espalhou pela casa grande parte do lixo que João Otávio acumulou durante anos. Quando enxergou a filha, esboçou animação.

— Vida nova, Gabrielle, depois eu organizo essa bagunça, agora vou fazer o almoço do seu pai.

Gabrielle percebeu que a mãe estava delirando e reparou que ela havia arrancado o telefone da tomada.

— Mãe, o que você fez com o telefone?

— Não quero que Clarisse me ligue, sei que ela vai me jogar na rua.

O que Celeste não sabia é que, antes de morrer, João Otávio fez sua irmã jurar que não iria retomar a posse do apartamento. Como as duas sempre tiveram suas diferenças, ele temia que Clarisse pudesse tirá-la de lá. Mas ela não atormentou a cunhada e cumpriu com sua promessa, não dava a mínima importância para aquele imóvel velho, era tão rica que às vezes até se esquecia dele.

Nas semanas seguintes, o humor de Celeste oscilava entre uma aparente serenidade e um desespero perturbador. Gabrielle estava preocupada, fez de tudo para ajudá-la a superar sua dor, sem se dar por conta de que ela também estava de luto. Ela decidiu matricular a mãe em uma academia com piscina, pois sabia o quanto Celeste gostava de nadar e que, assim como ela, nunca havia se desligado da casa da piscina de azulejos.

Como já era hora de retornar ao trabalho, Gabrielle pediu a Nádia que ficasse de olho em sua mãe, as duas concordaram que Celeste precisava de uma medicação para estabilizar seu humor, mas como era tão teimosa quanto seu falecido marido, recusou-se a ir a um psiquiatra e dizia que nunca esteve tão bem na vida.

Celeste se livrou de todo o lixo que ocupava muito espaço dentro do apartamento, mas decidiu guardar todas as roupas e livros de João Otávio, ainda não estava preparada para se desfazer de seus pertences. Gabrielle seguiu trabalhando e visitando a mãe aos finais de semana e às vezes conseguia convencê-la a passar uns dias em sua casa, mas aos poucos foi percebendo que Celeste estava novamente tentando violar a ordem do sistema, pois demonstrava que queria ser cuidada e começou a agir como se Gabrielle fosse seu marido. Com medo de cair na armadilha de ocupar o lugar do pai, ela perdeu a paciência e as duas iniciaram uma discussão. Gabrielle estava se arrumando para trabalhar, tinha de visitar uma obra que estava prestes a ser concluída. Celeste reclamou que não gostaria de ficar sozinha e resolveu dar uma ordem à filha.

— Você não vai sair agora, hoje é sábado, invente uma desculpa.

— Mas era só o que me faltava, eu vou aonde eu quiser quando me der vontade.

— Sua grossa, não vê que eu estou de luto?

— Eu também estou de luto.

— Até parece, você não tem o direito de chorar por seu pai, vocês nem se davam bem.

— Você ficou louca? Como pode achar que meu sofrimento não vale nada? Eu também sinto a falta dele.

Gabrielle foi trabalhar magoada e ao mesmo tempo furiosa, pediu um carro emprestado a um de seus colegas e, quando retornou, imediatamente levou Celeste para casa. Durante um tempo as duas só se falaram pelo celular. Gabrielle cuidou de todas as questões legais para que a mãe pudesse receber a aposentadoria do marido e, como ele partiu sem deixar nenhum bem, não havia a necessidade de realizar inventário.

Apesar do luto e de ter de lidar com o comportamento perturbado da mãe, Gabrielle estava em paz, o tempo em que passou com o pai no hospital foi um processo de cura para os dois, tiveram conversas edificantes e ela pôde ressignificar muitas das questões de sua relação com ele. Ela curou inclusive o sentimento de inferioridade por não se parecer com suas primas loiras, pois ele lhe contou que, quando Celeste a estava esperando, pediu a Deus que fosse uma menina tão linda quanto sua esposa. Ela tomou a vida que recebeu dele e sabia que ele a abençoaria de onde quer que estivesse.

Poucos meses após a morte do pai, Gabrielle foi convidada para coordenar um grande projeto arquitetônico que lhe rendeu muito dinheiro e reconhecimento profissional. Todos os dias ela se lembrava de João Otávio, queria que ele estivesse acompanhado seu sucesso, e ele estava. Gabrielle sonhava com ele quase todas as noites, sempre sorridente e com aparência saudável, dava conselhos à filha e dizia o quanto se orgulhava dela.

Gabrielle estava prosperando rapidamente, mudou de apartamento, comprou um carro e pôde ajudar a mãe financeiramente. Agora ela se sentia autorizada a crescer, não apenas por ser a vontade de seu pai, mas porque ela estava livre do fardo de não se realizar por fidelidade a seus irmãos.

Capítulo 24

O AMOR EM ORDEM

Gabrielle ganhava muito bem, mas trabalhava exaustivamente, chegou um momento em que ela começou a recusar propostas por falta de disponibilidade em sua agenda. Seu trabalho obteve reconhecimento nacional, dava entrevistas em programas de TV e revistas e seus projetos estampavam os melhores catálogos de arquitetura do país. Quando lhe perguntavam de onde surgia a inspiração para realizar trabalhos tão incríveis, sua resposta era sempre a mesma.

— Eu me inspiro na casa da piscina de azulejos que meu pai construiu.

Em função de seu crescimento profissional, ela teve de se mudar para São Paulo, pois as grandes construtoras de lá pagavam para ter a assinatura dela em seus projetos. Ela estava feliz por morar no estado onde seu pai nasceu.

Como se preocupava muito com Celeste, decidiu convidá-la para se mudar também, não para morarem juntas, mas bem próximo, queria alugar um apartamento para a mãe no mesmo bairro onde estava residindo. Celeste relutou, ao mesmo tempo em que queria estar perto da filha, não conseguia se desapegar do velho apartamento, era uma forma de se sentir perto do marido. Somente após seis meses de insistência, Gabrielle a convenceu de que, se continuasse no Rio Grande do Sul, elas dificilmente conseguiriam se ver com frequência.

As duas conseguiram realizar um dos desejos de João Otávio, que era o de devolver o apartamento de Clarisse. Gabrielle conseguiu uma folga e viajou até Porto Alegre para agilizar a mudança, Celeste levou apenas seus objetos pessoais, não fazia sentido algum carregar aqueles móveis e eletrodomésticos velhos, que foram doados para uma ONG que ajudava famílias carentes. Nos primeiros meses, Celeste se sentiu perdida, não tinha amigos e a saudade que sentia do marido se intensificou. Gabrielle tentava envolver a mãe em atividades como natação e yoga, mas dificilmente conseguia tempo para ficar com ela. Estava cumprindo com sua obrigação de filha, cuidava das questões materiais da mãe, acompanhava a saúde dela e nos dias em que não conseguia lhe fazer uma rápida visita, telefonava para se certificar de que tudo ia bem. Gabrielle chegou a sugerir que a mãe voltasse a namorar, mas se calou quando Celeste disse que jamais trairia seu marido.

Apesar da insatisfação da mãe, que volta e meia tentava arrastar a filha para um lugar que não lhe cabia, o amor entre as duas estava em ordem. Gabrielle sabia que, por mais que fizesse por sua mãe, nunca conseguiria dar na mesma medida em que recebeu, pois, a lei do equilíbrio não se aplica à relação entre pais e filhos, uma vez que um filho jamais vai conseguir devolver aos pais a vida que recebeu deles.

Mesmo sendo próspera, Gabrielle ainda guardava dentro de si um grande conflito. Ela amava seu trabalho e o fato de ganhar muito bem acabou intensificando sua dificuldade em receber qualquer coisa do sexo masculino, mas, ao mesmo tempo, procurava nos homens a figura do provedor que Celeste não via em seu marido. Em seus devaneios, ela pensava em largar o trabalho para se casar com um homem que lhe desse tudo, inclusive uma casa com piscina, mas rapidamente retomava sua lucidez, pois não queria ter o mesmo destino da mãe, que colocou sua vida nas mãos de um homem que a deixou sem nada.

Gabrielle nunca recriminou a decisão de Celeste, achava até bonito ela ter deixado de trabalhar fora para criá-la e pensava que, se estivesse em seu lugar, teria feito o mesmo. Mas somente após conquistar um certo nível de maturidade é que Gabrielle conseguiu admirar sua mãe, reconhecia o quanto ela teve de ser forte para sair tão cedo da casa dos pais e que, mesmo após perder filhos e fortuna, e até quando precisou costurar para alimentar sua família, manteve-se fiel ao lado do homem que amava. Mas ela frequentemente se perguntava: "Por que razão uma mulher tão guerreira pôde permitir que a humilhassem tanto? Como ela pôde assumir o papel de vítima diante do machismo do marido, do preconceito da cunhada e da inveja da irmã? Por qual razão não fora capaz de usar sua força interior para exigir respeito e reconhecimento?". Gabrielle só encontraria essas respostas ao fazer o movimento de olhar para sua linhagem feminina.

A ferida de rejeição que carregou durante anos era a mesma de sua mãe, da avó e bisavó maternas. Todas eram mulheres fortes, mas que se renderam ao sentimento de menos valia comandado por um inconsciente coletivo secular, que qualifica os seres humanos em função da cor de suas peles. Dessa forma, suas ancestrais, ao se sentirem extremamente rejeitadas, vestiram um comportamento humilde e servil na intenção de obter validação externa.

Capítulo 25

A UNIÃO

Em busca de respostas para seus conflitos internos, Gabrielle passou a fazer parte de um grupo de mulheres que praticavam desenvolvimento e cura do Sagrado Feminino. Em pouco tempo ela reconheceu que seus relacionamentos anteriores, de certa forma, haviam sido abusivos, não apenas por conta de ter vivido imersa no casamento disfuncional dos pais, que era o único modelo de relação que conhecia, mas principalmente porque ela não era capaz de se tornar receptiva. Ela visitou seu passado, assumiu a responsabilidade pelos fracassos amorosos que viveu e entendeu que, se quisesse desfrutar de uma relação com amorosidade e reciprocidade, teria de abandonar a postura competitiva que travava com os homens, além de assumir e manifestar a força de sua energia feminina.

Gabrielle conseguiu olhar para sua vida afetiva dissociada da figura do pai e, em pouco tempo, conheceu um homem disponível para a vida. Marco Antônio era um advogado trabalhista bem-sucedido, divorciado e pai de um adolescente. Desde o início deixou claro para Gabrielle que não estava em busca de diversão apenas, mas que pretendia ter a seu lado uma companheira que compartilhasse dos mesmos valores que ele. Ela ficou assustada, estava livre dos emaranhamentos da família de origem e, diante daquele homem tão bem resolvido, não havia entraves que a impedissem de aprofundar o vínculo com ele. Ela criou coragem e decidiu apostar naquela relação. Ele gostava muito de Celeste, e Gabrielle, apesar de não saber muito bem como lidar com um enteado, tornou-se amorosa com o filho de seu amor.

Após um ano de namoro, ele a pediu em casamento. Gabrielle aceitou de pronto, e deixou que ele colocasse em seu dedo um lindo anel de diamantes. Apesar de estar apavorada, mostrou-se feliz enquanto comemoravam a união em um fino restaurante da cidade. Mas naquela noite ela não quis dormir com ele. Assim que a deixou em casa, ela pegou seu carro e foi até o apartamento de Celeste, estava angustiada, precisava receber a benção da mãe o mais rápido possível. Celeste já estava dormindo e ficou preocupada ao ver a filha chegar em sua casa naquele horário.

— Mãe, o Marco quer casar comigo, ele me deu esse anel, o que eu faço?

— Como assim, Gabrielle? Você já não aceitou?

— Aceitei, mas estou com medo.

— Medo de quê? Ele é um homem íntegro, trabalhador e apaixonado por você.

— Eu não sei do que eu tenho medo, só sei que estou em pânico. Não quero que você pense que vou abandoná-la, e quem vai me levar até o altar? Queria que meu pai estivesse aqui.

— Ah, minha filha, você não sabe o quanto eu rezei para que você tivesse alguém, deixe de bobagem e vá ser feliz. A vida hoje é mais fácil do que no meu tempo, se não der certo, separem e pronto.

Gabrielle ficou mais confusa ainda, talvez tivesse ido até sua mãe na intenção de que ela a impedisse de se casar. Talvez sua criança interior não desejasse crescer para permanecer eternamente com 7 anos de idade, protegida por seus pais e pelos muros da casa da piscina de azulejos. Ela ainda não havia se conscientizado de que, ao dizer sim para seu futuro, não estaria negando seu passado, nem abandonando o amor dos pais. Celeste fez um chá para acalmar a filha, e as duas passaram a madrugada toda conversando. Gabrielle entendeu que os anos de emaranhamento e a triangulação que existiu entre eles só aconteceu por um único motivo: o grande amor que havia entre os três. Amor esse que era cego e imerso em conflitos pessoais que não o deixaram se manifestar de uma forma equilibrada. Durante anos ela culpou os pais por seus infortúnios, quando na verdade ela também não aceitava se desvencilhar deles para se tornar um indivíduo à parte.

Quando voltou para casa às 4h da manhã, Babi estava ansiosa e latia sem parar clamando pela ração que Gabrielle esqueceu de lhe dar. Após alimentar sua companheira, as duas dormiram abraçadas até o despertador tocar. Antes de sair para o trabalho, Marco Antônio passou no apartamento dela e lhe deu cartão de crédito, não queria que sua noiva economizasse com os preparativos do casamento. Gabrielle aceitou toda aquela generosidade e, pela primeira vez na vida, foi capaz de receber algo de um homem sem se sentir mal. Marco Antônio sugeriu que ela entrasse na igreja acompanhada de um tio dele, mas ela não aceitou, jamais colocaria outro homem no lugar de seu pai.

E aos 38 anos de idade, Gabrielle subiu ao altar de braços dados com sua mãe, e com João Otávio também, pois ela tinha a mais absoluta certeza de que a barreira física não o impediria de estar com ela e de abençoar sua família constituída.

Após a cerimônia, o casal recebeu parentes e amigos em um dos melhores clubes da cidade. Nádia, que já estava casada, compareceu acompanhada do marido; Clarisse e Nora, agora viúvas, fizeram questão de parabenizar a filha do irmão; Sônia e Luiz Fernando mandaram apenas um cartão, não puderam comparecer em função de já estarem com a saúde frágil. O filho de Marco Antônio aproveitou a grande festa para apresentar sua namorada ao pai, e Celeste, mesmo exausta, passou por todas as mesas para cumprimentar os convidados. Antes de a festa acabar, os noivos saíram silenciosamente, pois no dia seguinte tomariam o voo direto a Paris, onde passaram uma semana em lua de mel.

Capítulo 26

O ÚLTIMO BEIJO

O casal desfrutava de uma vida tranquila, viviam em uma casa com um grande quintal, mas sem uma piscina de azulejos. Gabrielle diminuiu sua rotina de trabalho, queria se dedicar ao marido e passar mais tempo com Celeste. Ela nunca havia pensado em ter filhos, na verdade jamais sentiu que tivesse o direito de se tornar mãe, pois demorou para atingir estabilidade financeira e para conhecer um homem capaz de assumir tamanha reponsabilidade. Ela lembrou que cresceu escutando sua mãe dizer que ter filhos era um grande erro e, por muito tempo, acreditou que Celeste havia se arrependido de tê-la, mas nunca se dera conta de que por trás das palavras duras de sua mãe havia um profundo desejo de protegê-la. Como Gabrielle vivia bêbada e desaparecia com más companhias, Celeste tinha medo de que ela acabasse engravidando na adolescência, o que acabaria comprometendo seus estudos, sem contar que, naquela época, a família mal tinha dinheiro para se alimentar.

Quando decidiu tentar uma gravidez, Gabrielle consultou um médico para saber se estava saudável e se porventura existia a necessidade de tomar algumas vitaminas, mas depois dos exames preliminares descobriu que seu corpo não era capaz de gestar um filho, pois já havia entrado em falência ovariana. Marco Antônio ficou triste pela esposa, apesar de já se sentir realizado com a paternidade, queria fazer todas as vontades de Gabrielle. Celeste ficou aliviada, sofreu tanto com a morte de seu primeiro filho, que tinha medo de ver a filha passar pela mesma dor. Gabrielle, porém, sentiu culpa por não ter se planejado a tempo, mas só de imaginar os desafios inerentes à maternidade desistiu de buscar qualquer tipo de tratamento e acabou aceitando sua infertilidade.

Ela nunca mais tocou no assunto, dedicava seu tempo aos projetos arquitetônicos, aos cuidados com marido e casa e passou a acompanhar mais de perto a saúde de Celeste, que começou a apresentar alguns problemas cardíacos e respiratórios e a cada dia que passava seu corpo foi se tornando mais frágil, tinha dores nas articulações; além de lapsos de memória e começou a sonhar com João Otávio com bastante frequência. Ainda sentia muitas saudades e por vezes perguntava-se quando o amor de sua vida voltaria para buscá-la. Embora não estivesse totalmente em paz, pois nunca aceitou o fato de não terem recuperado sua riqueza, Celeste estava muito feliz ao ver a filha bem casada e com uma carreira de sucesso, isso porque, no passado, chegou a acreditar que Gabrielle nunca entraria nos trilhos.

Como já não tinha mais condições de ficar sozinha, Gabrielle levou a mãe para morar em sua casa, jamais lhe passou pela cabeça colocá-la em um asilo, queria que ela se sentisse amada até seu último dia de vida. Marco Antônio contratou uma cuidadora para fazer companhia à sogra e posteriormente uma cozinheira, pois a dieta de Celeste era restrita, e Gabrielle nem sempre tinha tempo para cozinhar, até os médicos que acompanhavam sua saúde visitavam-na semanalmente, pois sair de casa era extremamente cansativo para ela.

Durante um feriadão de Páscoa, Nádia viajou para São Paulo a fim de passar uns dias com a tia. Gabrielle já havia lhe dito que sua mãe estava fraca e que andava falando que seu tempo neste mundo estava se esgotando. Quando Nádia chegou, a empregada a recebeu no portão. Celeste estava no quintal sentada em uma cadeira de balanço com Babi no colo, ela tomava seu banho de sol diário.

— Bom dia, tia, como a senhora está?

— Oi, minha filha, que surpresa boa. João Otávio e eu estamos aqui tomando sol. Você viu como a nossa piscina de azulejos está limpa? Gabrielle encontrou a caixinha de pH que lhe roubaram na escola.

Nádia não retrucou, acabara de conhecer a casa da prima e sabia que ali não havia uma piscina. Ela apenas se sentou ao lado de Celeste e, enquanto esperava Gabrielle voltar para o almoço, ficou admirando o leve sorriso no rosto cansado da tia.

Gabrielle apareceu.

— Nádia, que bom que você chegou. Acabei me atrasando, o Marco Antônio só voltará à noite. Que saudades, me dê um abraço! Vamos entrar, nosso almoço já deve estar pronto.

— Mãe, vamos almoçar?

Celeste não respondeu.

Nádia insistiu.

— Tia, vamos almoçar?

Celeste não reagiu. Nádia, com seus anos de experiência profissional, imediatamente percebeu o que havia acontecido. Ela segurou o pulso da tia na intenção de confirmar o que já sabia e, com muita delicadeza, tocou em seus olhos para fechá-los. Gabrielle começou a chorar, tentou sacudir o corpo da mãe, dizia que se ela acordasse as duas iriam tomar banho de piscina. Nádia abraçou a prima, não havia como trazê-la de volta. Celeste estava morta, e Gabrielle, inconsolável.

— Nádia, acabou. Acabou! Meus pais não existem mais, o que eu vou fazer da minha vida sem eles?

— Por favor, Gabrielle, você não é mais criança para dizer uma coisa dessas, tente se acalmar. Vamos ligar para o seu marido e pedir a ele que providencie o translado do corpo, lembra que a Celeste queria ser enterrada junto do tio?

— Eu não aceito a morte, não aceito o destino que eles tiveram, eu não entendo por que sofreram tanto. Não é justo.

Embora não tivesse muita paciência, Nádia sabia como lidar com os familiares enlutados pelos pacientes de seu plantão e, enquanto esperava Gabrielle extravasar, ligou para Marco Antônio, que dentro de 20 minutos estava em casa para dar início às formalidades do sepultamento.

De volta a Porto Alegre, o velório de Celeste foi realizado na capela do cemitério onde João Otávio estava enterrado. Poucas pessoas compareceram, pois a maior parte de seus parentes, inclusive Nora e Clarisse, já haviam falecido. Gabrielle agradeceu a Nádia por ter passado esses dias com ela, tinha certeza de que sua mãe a esperou para poder se despedir.

No momento em que o padre entrou na capela para realizar a última oração, Gabrielle pediu para que ele aguardasse alguns minutos, parou ao lado do caixão da mãe, pediu a Deus que cuidasse bem dela e, assim como João Otávio beijou Celeste no dia em que se casaram, Gabrielle se inclinou e carinhosamente deu um beijo na testa de sua mãe.

Capítulo 27

DE VOLTA PARA CASA

Marco Antônio surpreendeu Gabrielle com um pacote de viagem para Cancun, queria ajudar a esposa a superar seu luto, pois em poucos meses ela iria desenvolver um grande projeto com outros arquitetos e precisaria dedicar muita energia para atender às expectativas da grande construtora que a contratou. Os dois viajaram, passearam por lugares incríveis, comeram em bons restaurantes e Gabrielle voltou mais animada para casa, sabia o quanto Deus havia sido bom com ela ao lhe dar um marido tão amoroso.

Após um ano do falecimento de Celeste, Gabrielle recebeu uma ligação do diretor de um grande clube de Porto Alegre, ele pretendia realizar uma reforma nas dependências e áreas externas do local. Como recebeu ótimas referências de seu trabalho, pretendia contratá-la para assinar sua obra. Os dois conversaram durante vários dias, Gabrielle solicitou fotos e alguns documentos da prefeitura e corpo de bombeiros e, após estudar as possibilidades e vontades do cliente, marcou uma visita para que pudessem montar o projeto.

A sede do clube estava localizada no mesmo bairro onde ela passou sua infância. A família nunca havia frequentado o local, mas Gabrielle chegou a conhecê-lo quando Nádia e sua mãe a levaram até lá para uma festa infantil.

Embora já não pensasse tanto na casa da piscina de azulejos, ela ficou animada em poder trabalhar tão perto dela. Após agendar a data da viagem, ela comentou com o marido que estava pensando em ir para o Rio Grande do Sul de carro. Marco Antônio achou um absurdo, pediu para que ela fosse de avião, pois, além de ser mais rápido e seguro, ele não ficaria tão preocupado, uma vez que, em função de seus compromissos profissionais, não teria como acompanhá-la.

— Gabrielle, eu estou lhe pedindo, não faça uma loucura dessas, são mais de 15 horas de viagem, isso se você não parar, e as estradas são perigosas tanto por conta das neblinas quanto dos assaltos.

— Amor, você sabe que eu adoro dirigir e prefiro andar de carro, sempre que posso eu evito andar de avião. Quero admirar a paisagem, escutar música e tirar algumas fotos pelo caminho.

— Por favor, Gabrielle, não faça isso, até porque você terá de voltar lá várias outras vezes até concluir a obra.

Ela não dera ouvidos ao marido, teimosa como Celeste e João Otávio, fez as malas, abasteceu o carro e partiu em direção à rodovia. Fez apenas quatro paradas até cruzar a fronteira entre Santa Catarina e Rio Grande do Sul, estava exausta e, antes de chegar à capital, ligou para o marido e avisou que faria uma pausa num hotel de beira de estrada. Precisava tomar um banho e dormir por algumas horas. No dia seguinte, antes de tomar seu café da manhã para seguir viagem, ela telefonou para Nádia e avisou que iria permanecer na cidade durante os próximos três dias. As duas marcaram de se encontrar depois que Gabrielle conversasse com o diretor do clube.

Após almoçar no centro da capital, Gabrielle se deslocou até a zona sul para dar início à reunião, durante três horas, ela avaliou em detalhes as condições dos prédios, das piscinas e do estacionamento do clube. Era uma obra de grandes proporções, e ela teria de retornar no dia seguinte para prosseguir com sua análise. Eram quase 6h da tarde, ela estava ansiosa para rever Nádia. As duas haviam marcado de se encontrar dentro de uma hora para jantarem juntas. Nádia insistiu para que a prima se hospedasse em sua casa, mas Gabrielle avisou de antemão que ficaria num hotel, ainda estava cansada e não pretendia acordar tão cedo na manhã seguinte.

Quando saiu do clube, começou a pensar em seus pais, sentiu muitas saudades, seu coração se encheu de alegria, era capaz de sentir a presença a vibração e até o cheiro dos dois a seu redor. Ela ficou tão distraída ao lembrar deles, que acabou errando o caminho, pois deveria ter ido em direção ao centro, que era onde Nádia morava. "Eu não acredito que fui capaz de me perder no lugar onde cresci", pensou ela.

Por alguns minutos, Gabrielle deu diversas voltas no mesmo lugar. Parecia estar tonta e quando decidiu parar para se localizar, percebeu que estava na frente de sua antiga casa e não resistiu à tentação de admirá-la por alguns instantes.

Ela estacionou seu SUV prata do outro lado da rua. Próximo à porta de entrada da casa havia uma mulher de cabelos brancos que cuidava das flores do jardim. Gabrielle se aproximou do portão e sorriu para aquela simpática senhora.

— Boa tarde, como são lindas as suas flores, assim como todo o jardim.

— São lindas, não é mesmo? Eu converso diariamente com elas, são minhas favoritas. Você está procurando alguém? Nunca a vi por aqui.

— Desculpe, eu não me apresentei, meu nome é Gabrielle, sou arquiteta e fui ali na Rua das Laranjeiras para visitar um cliente. Não pude deixar de passar pela casa onde nasci, já faz muitos anos que não venho para esses lados.

— Muito prazer, Gabrielle, meu nome é Marlene, eu moro aqui há 20 anos. Quando meu marido se aposentou, nós compramos esta casa, ele queria passar mais tempo em meio à natureza e com todo este espaço podíamos receber nossos oito netos com mais conforto.

— Essa casa é muito especial para mim, foi meu pai quem a construiu. Eu tive uma infância maravilhosa aqui, só guardo boas memórias.

— Que grata surpresa conhecer uma antiga moradora, o Ernesto tinha paixão por esta casa, uma pena ter desfrutado dela por tão pouco tempo, pois já faz 10 anos que ele faleceu. Tivemos três filhos e todos se preocupam comigo morando sozinha neste lugar imenso, mas não penso em sair daqui tão cedo.

Gabrielle retirou da carteira que estava no bolso de seu casaco uma pequena fotografia, levemente amassada e com a coloração esmaecida, e a entregou a Marlene, que prontamente tirou suas luvas de jardinagem para poder segurar o que parecia ser uma importante recordação. Era uma foto de Gabrielle com sua mãe em frente à piscina.

— Que linda imagem, não me diga que é você com sua mãe?

— Sim, eu tinha apenas 4 anos nesta foto.

— Vocês são muito parecidas, qual o nome dela?

— Celeste, infelizmente ela já não está mais entre nós.

As duas passaram alguns minutos conversando sobre suas famílias e experiências na casa, Marlene sentiu uma profunda empatia por Gabrielle e a convidou para entrar. Antes de ingressar no interior da casa, ela tirou os sapatos levemente sujos de terra e os colocou em frente ao grande vitrô, composto das mesmas cores de sua época.

Ao entrar no hall, seus olhos percorreram cada milímetro das superfícies de parede, teto e assoalho, seu sorriso transparecia o grande contentamento em poder estar ali novamente. Tudo parecia muito diferente, os interfones vermelhos já não decoravam mais as paredes, agora pintadas com um acolhedor tom de areia. À medida que andava pelo interior da casa, relembrava os momentos felizes que passou em seu castelo de infância. Quando chegaram ao quintal, Gabrielle fixou seu olhar na piscina, que lhe parecia menor que outrora, mas igualmente bela, os já desgastados azulejos azuis tocavam a água parcialmente coberta pelas folhas das árvores.

Sentindo a emoção de Gabrielle, Marlene fez questão de deixar sua nova amiga a sós com suas lembranças.

— Querida, me dê licença, vou até a cozinha para preparar um chá com folhas frescas. Fique à vontade.

Gabrielle se sentou no beiral da piscina, sentiu a textura gelada do mármore branco que tocou parte de seu corpo, a brisa daquele entardecer massageava suavemente sua face umedecida por uma lágrima. Atrás dela, com a aparência renovada e semblante alegre, o jovem engenheiro aproximou-se silenciosamente; ao lado dele, aquela linda e determinada mulher de pele bronzeada segurou a mão de seu marido. Gabrielle experimentou uma sensação de plenitude vinda da força que sempre recebeu de seus pais. Honrando igualmente cada um deles, tomou a vida por inteiro naquele momento.

E ali permaneceram os três, sem dizer uma só palavra, desfrutaram da companhia uns dos outros e, agora, totalmente em paz com seus destinos, despediram-se da grande casa da piscina de azulejos.

Fim